YOUNG 青春暖意 写作系列

U0133089

遇见你

庞婕蕾 著

中国出版集团
东方出版中心

目　　录

第一章
那年的情书

回不去的那段相知相许美好

都在发黄的信纸上闪耀

那是青春诗句记号

莫怪读了心还会跳

你是否也还记得那一段美好

也许写给你的信早扔掉

这样才好曾少你的

你已在别处都得到

——江美琪《那年的情书》

一

已经有一个多月没有周的消息了。打他的手机，说是欠费停机；打他家的电话，说是他们家早已搬家。他没有留下公司的电话，说是老板很反感手下员工在上班时间里接私人电话；而她也一直没记全他的公司的全称，翻开黄页查也无济于事。小鹿放下手中 hello kitty 的电话机，绝望无助的感觉从心底飘然升起。她坐在卧室的木地板上，抱着裸露在网球裙外的膝盖，开始回想，一个月前，周有没有什么不对劲的地方，有没有一丝出逃的迹象。

一个月前的星期天，他们和平常一样，去一家新开的川菜馆吃饭。因为新店开张五折酬宾，所以他们点起菜来没有半点犹豫，水煮鱼、干煸小龙虾、泡椒凤爪、毛血旺、清炒芦笋、糟毛豆、辣子鸡……服务员确认只有他们两人时，在一旁劝说，他们店的菜分量很足，两人点那么多菜吃不了。小鹿和周交换了一下眼神，笑着对服务员说："放心吧，我们都是大胃王。"其实，他们的胃还没有那么大，之所以每次出去点那么多菜，是因为周想让小鹿把多出来的打包回去吃。

大学毕业后，小鹿和李曼两个人在外面租了房子。李曼是她的大学同学，都读中文系，但不同班，住在隔壁寝室，常常串门，感情说深不深,说浅也不浅,只是相处久了,对彼此知根知底。说来也真是没出息,寝室里其他同学要么直升本校研究生了,要么就凭实力考到外校读研去了,要么就办好了出国的手续,只有她和李曼出来工作,要为找房子而担心。上网查找房源,光顾各家中介公司,四处看房,折腾了一个多星期,终于把房子的事情解决了。房子就在学校附近,离上班的地方很近,还能经常回学校附近的小店吃东西。据说,刚毕业的大学生都有恋校情结,难怪小鹿在小区里看到好多熟悉的面孔。看到她们手里拎着菜小鹿会觉得好笑,想想当初在学校里遇见的时候可都是抱着书本抱着鲜花的乖巧小女生,哪想到一毕业就开始逛菜场,系起围裙学做起家庭妇女了。看来,长大也不是一件有意思的事情,小鹿心想。她不会做饭,也不会做家务,妈妈从来没有教过她,也从来没有要求过她,从小到大,好好学习是她惟一的任务。妈妈很放纵她,从来不担心她做不成一个贤妻良母,反而常常教导她,要找一个会做饭的勤快的老公。小鹿就是这样被宠坏的。

李曼倒是做得一手好菜,常常会叫上小鹿一起吃,但是小鹿感觉别扭,因为席间还坐着李曼的男朋友。李曼的男朋友似乎很闲,有事没事就上门,说是不定时巡逻,两个女孩子住在一起,安全问题是个隐患。他要只是来巡逻倒也罢了,偏偏还经常赖着不走,留下来过夜。虽说小鹿和李曼每人一个房间,都有自己的空间，可厨房和卫生间是公用的。大夏天的，穿着若隐若现的吊带裙出现在其他男人面前，总是很尴尬。小鹿就尽量不出房门，上厕所也等到憋急了才开门，有时候在过道里和光着上身穿着小短裤的李曼男朋友碰个正着，两个人都窘得要死。这样的日子过得真是不舒坦，可小鹿不好意思去对李曼说，况且听李曼原来宿舍里的人说她脾气蛮大的，发起火来没人能制她。就因为这样，小鹿每天都会拖到很晚才回去。等到双休日，就缩在房间里看电视、上网，吃着打包回来的食物。

周倒是很细心，每次出去吃饭，都会点一桌子菜，一半的菜一筷都没碰就直接打包回来了。这次也是，辣子鸡全份打包了，周知道小鹿逢鸡必吃，他还笑着说，也不知道鸡哪里得罪了小鹿。其实，小鹿也不是生来喜欢吃鸡的，只是因为某个男孩子的缘故。

从川菜馆出来，发现外面原来下过暴雨了，地上湿漉漉的，树上的叶子也不断滴下水来，空气倒是清新很多。小鹿拽着周的衬衫衣角一路走。到了夏天，周就不愿意牵小鹿的手，也不愿意小鹿挽着他的胳膊，他的解释是太热了。可是小鹿的手不抓点什么就没有安全感，于是就拽着他的衣角。有一次周一本正经地说："你怎么就像个长不大的小孩呢？如果我不在你身边，难道你还会去拽陌生人的衣角吗？"小鹿眼泪汪汪，委屈地看着他，噘着嘴说："人家本来就还没长大嘛。"她一发嗲，周就束手就擒了。

　　小鹿和周一路走，一路聊，说些八卦，说些最近的电影，说些工作上的事情。周不善言辞，多半是小鹿在一旁说个不停，他不时地应合一下。小鹿不清楚他的想法，他的快乐或者难过都不会放在脸上，而他的内心世界似乎是一个隐蔽的场所，闲人禁止入内。交往了三年多，小鹿对他的了解也很是有限，只知道他喜欢打游戏，却不知道他常打的是哪种游戏。小鹿看着他的脸，瘦削的小麦色的脸，很熟悉，闭上眼睛也能轻易勾勒出他五官的分布，可是为什么有时看着就那么陌生呢？

　　周把小鹿送回家，上楼梯时，小鹿不小心崴了一下，脚有些疼，都怪鞋跟太高了。周的身材是很普通的那种，1.76米，走在人群里很不起眼，而小鹿则一直有些汗颜自己的身高，她才1.56米，当然对外宣称是1.58米，反正也不会真的有人拿把尺来丈量她。她很介意别人提到"矮"这个字，于是每每出门都是穿鞋跟有7厘米的鞋子，就连家里拖鞋的鞋跟也有4厘米。穿着高跟鞋走路，崴脚是常有的事，平常倒也算了，忍着痛继续走呗。不过有周在场，不趁机撒撒娇怎么行呢！她蹲下身子捂着脚说："好疼啊，爬不动了。"跟着还哼哼几声。"别叫了，我背你吧。"周弯下腰，顺便把手中的塑料袋递给小鹿。

　　小鹿趴在周的背上，希望此时的自己能变得很轻很轻，轻如一根羽毛。正想着呢，周腾出手来拍了一下她的屁股说："你再不减肥我就不要你了。累死老夫也。"让一个并不强壮的男人背着刚吃完晚饭的小鹿上五楼，确实有些为难他了。

在小鹿的房间休息了一会儿，吃了半个西瓜之后，周就起身告辞了。小鹿送他出门，他像平常那样在她长了不少青春痘的额头上亲了一下，说了声"别送了，晚上关好煤气和门窗"就下楼了。

一切都没什么异样，可是周从那以后就消失了。那天的情景，像放电影一样一次次在小鹿的脑海里回放，她想找到一些蛛丝马迹，可是没有任何发现。

二

小鹿消瘦很多，哪怕是天天见面的杂志社的同事见了她都这样说，说本来圆圆的脸怎么变成长脸了呢？她只说天气热，胃口不好，睡眠也不好，而且对她而言，夏天消瘦是必然规律。杂志社的工作比较清闲，曾经她很喜欢这样的清闲，可以有很多时间看看小说，上网聊天，或者写些博客日记，甚至还可以中途溜出去唱歌或者逛街，除了薪水少一点以外，这份工作还算是不错的，让很多在公司上班或在学校教书的同学羡慕不已。读书的时候羡慕那些工作的人，可以有一笔钱供自己支配，可以没有考试的烦恼，可是真的工作了,才知道原来读书是一件多么轻松愉快的事情。然而再也回不去了,大学一毕业,就和自己的学生时代彻底告别了。就算将来有机会继续读研,身份毕竟是变了,不再是纯粹的学生了,属于有过社会历练的人,他们的眼睛里不再闪烁着清澈的光芒。小鹿喜欢目前这份工作,除了空闲时间多一些以外,还有一个原因,那就是这本杂志面向的读者都是中学生和部分大学生,和这样的人群接触,小鹿比较有把握,因为他们单纯而善良,嗯,就和自己一样。

　　自从周莫名悄然离开以后,小鹿开始害怕面对每天的清闲,太清闲了,她不知道该干什么,而脑子里总是有挥之不去的周的身影。她有太多的时间胡思乱想了,她想,周会不会出了意外?电视新闻里每天都播报那么多人意外死亡,会不会其中就有他呢?她又想,周这样不告而别,是不是说分手的另一种方式?又或者,周只是想和她开个玩笑,也许正在制造更大的惊喜送给她?每天为类似的想法绞尽脑汁,小鹿觉得自己老了一定会得老年痴呆症,如果不得老年痴呆症,那一定是因为自己英年早逝。这样的话要是让妈妈听到,一定说:"呸呸呸,童言无忌。"也只有妈妈才会一直把她当小孩子一样宠着。

　　为了不让自己那么清闲,也为了麻痹自己,小鹿打算,从这一刻开始,写小说赚零花钱,然后把赚来的钱都用来买衣服,然后继续写小说,继续买衣服……就让自己陷入这样一个赚钱、花钱的恶性循环中吧。大学期间,小鹿也有过写小说的念头,好歹要对得起自己中文系科班生的身份吧。可是终究是因为太懒,每每写了个三五百字的开头就再也没力气写下去了,并总结出这样一条格言:写作到最后也属体力活。等到大学毕业,电脑里存了数十个小说的开头。现在再拿出来看,呵呵,居然也觉得不错,当时的文字、当时的情绪如今看来很亲切,真实的成分大过于做作。挑了一个描述中学生的题材继续写下去,因为打算先在自己杂志上发表,近水楼台嘛。

写作难免会用到自己亲身经历的一些小细节,小鹿发现自己曾经写的那段文字里,描述了一个女孩子毕业那天给心仪很久的男孩子写一封信的情节,看着让人心动,让人唏嘘。那个女孩子不就是自己吗?

读中学时候的小鹿是典型的"baby face",身上不胖,脸却肉嘟嘟的,要好的女生逮着她就会猛掐她一把。别人看着可爱,自己却不喜欢,又矮又胖,就像只皮球,这个惊人的发现让她觉得世界末日快来临了! 前座的男生有一天小心翼翼地问她:"你有没有 120 斤?"小鹿听了差点昏厥过去,120 斤是什么概念哪,她真要 120 斤了,那还不真成皮球了? 她用笔袋狠狠敲了敲男生的背,说:"你太过分了!"那个男生吐了吐舌头,扮了个鬼脸说:"人家好奇嘛。"小鹿受了刺激,想要减肥。妈妈一口拒绝,她说读书的时候,成绩最重要,等到了大学,身材才慢慢变得重要起来。可小鹿清楚知道,女孩子的身材在任何时候都很重要,因为获得赞美和回头率永远是女孩子最受用的保养品。据说,班里漂亮的女生通常都会成为男生晚上熄灯后卧谈的话题,而帅气的男生也通常都是引起女生大分贝尖叫的目标,比如徐嘉铭。

徐嘉铭是一中校园里唯一一个走到哪里都会引起喧哗的男生,哪怕是在校长室也一样,因为他优秀而帅气。他拿过奥数奖,他拿过国际发明奖,他得到过"全国十佳好少年"的称号,他的名字和照片上过大大小小的报纸。这些都不足为奇,最让人脸红心跳的是,他在高一校运动会上拿过 100 米短跑冠军,迎风而跑的样子迷倒众人,从此就多了"风一样男子"的封号。他也曾在校艺术节上作为学校"四眼"乐队的主唱让全场为之疯狂。他优秀得让人窒息,却又那么真实的每天出现在校园里,就连来实习的女大学生也会偷偷议论他。

小鹿和寻常女生没什么分别,自然也会迷恋他,常常没事就在走廊里走来走去,期待着和他的不期而遇。其实,真要相遇了,估计徐嘉铭也不会注意到她,他 1.85 米的身高,视线所及范围应该看不到 1.56 米的小鹿,当时的小鹿还没法穿高跟鞋呢。可小鹿还是坚持每天在走廊里游荡,对外宣称"日行 8000 步能减

肥"。

和徐嘉铭有交集是在高二学农的日子。那个星期,每天乘坐大巴士去森林公园锄草。小鹿没干过锄草这样的活,拿起镰刀来别别扭扭的,而且一边和身旁的女生聊天一边干活,一心二用的后果就是她的手不小心被镰刀割破了。虽然只是很小很小的一个伤口,可十指连心哪,痛得她眼泪横流,身旁的女生尖叫起来,老师和同学闻讯赶来,包括在附近干活的徐嘉铭。老师身边没有药箱,徐嘉铭挺身而出拿了矿泉水冲洗小鹿的伤口,然后又拿出邦迪创可贴帮她贴上,温柔而细致。小鹿看着他流汗的脸,看着他专注的眼神,忘记了疼痛,心里扑通得厉害。就是那么一个瞬间,让小鹿深深着迷。她着迷的原因比寻常女生多了一条,那就是那么那么那么优秀的徐嘉铭曾小心呵护过她的手指。

听说曾经有人去向徐嘉铭的妈妈打听他们家的菜谱,希望自己的孩子也能吃成一个天才。徐嘉铭的妈妈说,徐嘉铭最喜欢吃鸡。于是全校同学的爸爸妈妈也都逼迫自己的孩子吃鸡。小鹿的妈妈一样望女成凤,变着法子让小鹿吃鸡,鸡翅、鸡爪、鸡大腿,椒盐、红烧、泡椒、糟卤,一样样弄过来。小鹿和别的同学不一样,他们听到鸡就叫苦连天,唯独她却从此爱上了鸡。她想着,要是有一天,徐嘉铭请她去吃麦当劳或者肯德基,那该多好,口味相同的人在一起吃饭总是畅快淋漓的。

可是似乎在那次受伤事件中，小鹿把她和徐嘉铭的缘分都用尽了，他们再也没有交集，直到毕业。想想毕业以后很难再见到徐嘉铭了，小鹿就伤心得要命，徐嘉铭去了北京，被清华大学提前录取了，所有专业随他挑，他挑了汽车专业，说是喜欢。小鹿在高考结束以后酝酿了所有的情绪写了一封长达8页的信，可最后又把厚厚的一沓纸从信封里拿了出来，只在一张小卡片上写了一行字，跨了好几个区去邮局寄了挂号信。毕业典礼那天，看到门卫处的黑板上写着"徐嘉铭，挂号信"的字样，小鹿乱激动了一把，因为她在卡片上约了徐嘉铭在毕业典礼的第二天中午去吃肯德基。

可是，徐嘉铭没有赴约。

小鹿不知道，那张小卡片算不算是情书，可是她知道，那张小卡片包含了她所有暗恋的情绪。写完这个故事，划上最后一个句号时，小鹿长长地叹了口气。上大学之后，渐渐淡忘了徐嘉铭，可是如今想来，他的脸还是清晰如昨天。

三

还是不想早早地回去，李曼和她的男朋友应该又在捣鼓晚饭了，两个人都长得胖胖的，对于吃很是讲究，平常买的最多的书应该就是菜谱了。他们俩过着甜蜜的日子,更显得小鹿形单影只了,还是不去做这样的陪衬吧,免得触景生情。小鹿以前觉得一个男人老是和女朋友粘粘糊糊的,肯定没多大出息,成不了什么大事业。可是现在想想,简单的日子何尝不好呢?两个人一起做饭,一起看电视,哪怕不说话都是温馨的。如果周回来了,她也很想和他过这样的日子,她甚至计划着要去学做两样菜。

下班后,小鹿去了淮海路,去了新天地。听周说过,他的公司就在新天地附近,她想去碰碰运气,说不定能遇上周呢!周离开以后,小鹿反省了很久。她悲哀地发现,自己从来不主动去关心周,他不说,她就不问。她只在乎自己的情绪,却忽略了周的喜怒哀乐和其他一切状况。周的公司在哪里,上班是否方便,和同事相处得如何,这些,她身为他的女朋友,却一点也不清楚。她很自责,她想如果周哪天回来了,自己一定好好待他,即使下次他再离开,她也没有什么遗憾了。

和周在一起三年了,他对她的照顾是无可挑剔的。而反观小鹿对他,似乎忽略了太多,也许因为自己是家里最小的孩子,受着爸爸妈妈哥哥的爱护,小鹿从小就不太会照顾别人、为别人着想。想要得到,撒个娇就可以了;受了委屈,噘个嘴就能得到补偿。

有时候周会开玩笑地说:“认识你,不知道是我的大幸还是不幸呢?”

　　和周的认识其实很寻常,并没有太多值得渲染的地方。小鹿大一那年过得浑浑噩噩,几次考试成绩都很不理想,她的目标也不是为了拿奖学金,就是想让自己的成绩单漂亮一点。于是为了实现这个小小的心愿,大一最后一个月,她天天泡在图书馆看书、查资料、静心复习。早出晚归的姿态让同宿舍的人都惊呼看不懂。当时六月的天已经很热了,图书馆有空调,对小鹿来说,既可以温习功课,又可以避暑,真是一举两得,于是去得更勤快了。

　　抱着一堆书,走进图书馆,会在迎面的镜子里看见自己。她穿着白色的连衣裙,头发高高地扎成一个马尾,肤色白皙,眼神淡定,"很有中文系女生的气质呀",她心底暗想,又马上为自己的这个想法脸红了,怎么可以这样不害臊呢。

　　走在阅览室里,小鹿能感受到从四面八方聚集而来的目光,当然多半是男生的。她有些不自在,读中学的时候,她每天素面朝天穿着灰暗的校服在校园里穿梭,就像穿了隐形衣一样,无法引来关注,可是到了大学,她会穿上符合自己气质的衣服,她会弄一个干净舒服的妆容,居然就有了不小的回头率。也曾得意过,但并不习惯,害怕自己会在众人面前出丑,比如打喷嚏的模样、打瞌睡的模样、啃排骨的模样要是都被那些男生尽收眼底,该有多糗。

　　在阅览室,小鹿也收到过男生递来的纸条,但都退了回去。

因为,没有一见钟情的好感。而且,她不是太喜欢图书馆作为爱情发生的场所,文弱的男生她不是太喜欢,她更希望是在运动或郊游的时候迎接爱情的到来。

那天晚上9点,离阅览室关门还有一个小时,小鹿抱着笔记本出来了,因为肚子饿,想去吃夜宵。她去图书馆门口的停车场取自行车,却发现自己的自行车和另辆车被一把环形锁锁到了一起。天哪,她手心一阵发凉,这可怎么办,这车是借室友的,要原封不动还回去的。学校里丢车事件屡见不鲜,小鹿不敢贸然丢下车自己去吃夜宵。早知道这样,就不问她借车了,从宿舍到图书馆走20分钟也就可以了,小鹿懊悔不迭。

没办法,只能等那个冒失鬼来了。她把二分之一的屁股放在自行车后座上,抱着一堆书看天上的星星,顺便想心事,也在默默地诅咒那个粗心鬼。

等了许久,小鹿的腿上被蚊子咬了很多包,痒得难受,只好不顾淑女形象弯下身子使劲抓,抓得腿上多了好多条红印。小鹿忍不住想骂人了,这家伙太没有社会公德了,先是把人家的车和自己的车锁在了一起,然后又迟迟不出现。小鹿此刻的想法可以套用电视里的一句台词:"哼,你要是再不出现,那就死定了。"可最后真的等到那个该千刀万剐的人出现时,小鹿却没有胆量说狠话了。他是一个瘦削的但很有运动活力的男生。

"不好意思,锁住了你的车。"他连连举手敬礼。

"我在这里喂饱了几个家族的蚊子了。"小鹿长长地叹了一口气,"你总算来了。"

"让你等了那么久,请你去肯德基吃东西吧。"他堆起一脸热情的笑,"就当是赔罪。"

很想一口拒绝他,可话到嘴边又滑了回去,因为她饿得前胸贴后背了,身上也只有2.7元钱,和面子比起来,似乎咕噜咕噜直叫的肚子更要紧些! 况且,这个人看上去很脸熟,估计也是图书馆的常客吧。为了让小鹿没有戒心,他还拿出图书证给小鹿看,数学系的周,和小鹿一级。

在学校附近新开的那家肯德基,小鹿和他坐在并排靠窗的座位,可以看见外面的风景,虽然天已黑了,已经没有风景可言,但总比两人相对无言要好很多。小鹿小心翼翼地用平常二分之一的速度啃着汉堡,用眼角的余光看周,他正专心致志大嚼着巨无霸,看样子也饿了。他说他是数学系的,之所以跑到文科阅览室,因为可以做一会儿习题看一会儿小说,劳逸结合,而理科阅览室的图书都太枯燥了。

"当然,还有一个原因就是,文科阅览室的美女比较多。"周又补充了一句。

"主要还是因为这个原因吧。"小鹿差点被可乐呛着了,他也

太直接了吧。

他憨憨地笑了,笑起来,不大的眼睛眯成了一条线,说不出的可爱。

正式交往以后,在小鹿的严刑逼问下,周终于承认,自行车事件是蓄谋很久的一个举动。其实从看见小鹿的第一眼起就想追她,他一直选择在小鹿周围的座位看她,看她翻书的时候很小心,很爱惜书,看她偶尔打个哈欠都是那么美,看她每次走进来都会让人怦然心动。他很想像其他人那样递纸条,很想直接冲到她面前请她吃饭,但怕太贸贸然会适得其反,于是在寝室同学的共同商讨下,想出了这么一个办法。

"看来很奏效,以后可以介绍给学弟了。"周总结性地说。

"那我也会告诉学妹,碰到这样的事千万别上当。"小鹿在他的胸口捶了一拳。

周在一般场合话很少,他说自己更多的时间都用来思考了。但是在小鹿面前,他会说些让小鹿忍俊不禁的话,他还会摹仿老师上课时的腔调,想着法子逗小鹿开心。

"我要是眼角长皱纹了,你要负主要责任的。"小鹿佯装气呼呼地抗议。

"给你买眼霜还不成吗?再说了,美女怎么样都好看。"周抱着她,安慰她。

现在想想，因为笑而长出来的皱纹比因为眼泪而长出来的皱纹不知要幸福多少倍。周离开后，小鹿的眼泪日日为他流，眼睛接近干涸，再贵的眼霜都于事无补。

四

每天在淮海路上、在新天地走啊走，周没有遇到，钱倒是花了不少，吃东西、买衣服，她走到哪里都不会忘记做这两件事。可是这些都只能给她带来暂时的快感，并无法带走她如影随形的寂寞。打扮得再漂亮，给谁欣赏，获得谁的赞美呢？吃再好的东西，没有人陪，到嘴里的滋味还是千篇一律。她反复告诉自己要坚强，要学会一个人，可每每坐上回家的汽车，眼泪还是会不自觉地落下。

有时在大街上听到音像店里在放阿桑的那首《寂寞在唱歌》，她也会热泪盈眶。

天黑了，孤独又慢慢割着

有人的心，又开始疼了

爱很远了，很久没再见了

就这样，竟然也能活着

你听寂寞在唱歌，轻轻的，狠狠的

歌声是这么残忍，让人忍不住泪流成河

谁说的，人非要快乐不可，好像快乐由得人选择

找不到的那个人来不来呢，我会是谁的谁是我的

······

哭得凶了，经过她身边的人都会对她侧目，他们在猜测这个女孩也许是因为被人偷了钱包，也许是因为和男朋友吵架了，也许是因为考试考砸了。不会有人来安慰小鹿，这世上每天都有那么多人面对生离死别，她又算什么呢！

从那以后，她减少外出，不想听到伤感的情歌，也不想看到和周长得相似的男生。于是，写作成了她每天的必需，因为，写作可以耗尽她的时间和精力。和徐嘉铭有关的小说在杂志上发表以后，反响很好，好多小女生都写信过来说好喜欢这个小说，还问结局如何。没有结局也许是最好的结局。感情萌芽状态总是最美好，等到真的去经营了，才发现争吵和闹别扭是多么伤筋动骨的一件事。而一旦走到分开的地步，那就更是一种精神上的摧残了。小鹿深切知道这样的滋味，可还是有那么多对爱满怀憧憬的小女生渴望早点品尝爱情的滋味，倘若体验不到实际的爱情，读爱情小说也是一种寄托。小鹿向外投的稿子也渐渐都被录用了，并接到一些编辑的电话说想约她做长期撰稿人。这让小鹿倍感

欣慰,总算对得起宠爱自己很多年的语文老师,总算可以理直气壮说自己是中文系毕业生了。

评刊表统计出来后,主编把小鹿叫到了办公室,用赞许的目光打量她许久说:"小鹿,你的小说是这期最受欢迎的稿子,写得不错,继续努力,我看好你。"小鹿诚惶诚恐地从主编办公室走出来,这可是主编第一次笑眯眯地表扬她。同事都说,主编这人不好惹,更年期呢,动不动就骂人,骂起人来还不喜欢关门,恨不得整个楼道里的人都听到,一点都不给属下留面子。可是小鹿觉得主编没那么可恶,至少目前为止,主编还没有对她大声嚷嚷过。刚才看到主编的牙缝里有一片菜叶子,觉得好笑,从午饭到现在已经有两三个小时了,看见菜叶子的人应该很多,而没有人敢对主编说,主编自己又不照镜子,不知道她回家以后,老公是不是敢跟她说呢? 等到她自己晚上发现,会不会气得抓狂? 小鹿打了一个寒颤,觉得这样的想法实在不够厚道。

受了主编表扬,小鹿斗志昂扬,决定努力工作,不辜负主编对她的期望。于是下班后留在办公室,为新一期杂志做校对,因为这期杂志要提早上市,所以前期工作要尽快完成。

看到那么多密密麻麻的文字,小鹿泛起一阵恶心。以前早就有人警告过她,当编辑会对文字失去感觉,可小鹿当时不相信,她觉得文字是可以亲近的东西,有灵性、有质感。可看多了,真的觉得枯燥乏味,特别是看到许多孩子都用千篇一律的华丽的文字表述莫须有的空洞颓废的情感时,她尤其觉得恶心。她把校对稿放下,揉了揉眼睛,然后从抽屉里拿出一罐盐津葡萄,挑了最大的一颗放进嘴里,酸酸甜甜又有些辣味,很提神。正在她享受舌尖的美味时,小鹿的手机响了,有短信进来了。会不会是周的?每次都这样想,每次都失望,可下次又忍不住这样期待。

是一个陌生的号码,电话簿里没有存根。短信内容却差点让小鹿从椅子上跳起来。

"小鹿,有空一起吃饭吗?我是徐嘉铭。"

第二章
最好的礼物

让我怎么说我不知道

太多的语言消失在胸口

头顶的蓝天沉默高远

有你在身边让我感到安详

在寂静的夜曾经为你祈祷

希望自己是你生命中的礼物

当心中的欢乐在一瞬间开启

我想有你在身边与你一起分享

——许巍《礼物》

一

　　和徐嘉铭的见面让小鹿整晚失眠。

　　最近的很多事情都让小鹿措手不及,比如周的离奇离开,比如徐嘉铭的神奇出现。她收到徐嘉铭的短信后愣了半天才回复:好的,时间地点你来定。她都没问他到底是不是那个全校风云人物徐嘉铭,她也没有问他为什么会突然冒出来。这些都不重要。重要的是,穿什么去见徐嘉铭呢?她早已不是当年的那个小胖妹了,身材匀称、面容姣好,周经常会唤她小美女。可一想到是去见少女时代的偶像徐嘉铭,小鹿就变得超级不自信起来。天色已晚,商场的大门应该差不多要关了,买新衣服已经来不及了,回家后的第一件事就是把所有的衣服都从衣橱里拿出来,一件件拿在身上比划,看哪件更合适。最终确定穿一条淡粉色的钩花连衣裙,花木马牌子的衣服一直都是小鹿钟爱的,穿在身上特别女孩子气。她不喜欢太过成熟的打扮,因为和自己的心智不符合,也许是少女时代的自己太过暗淡了,她现在很想重新过那段日子。

　　折腾到 12 点多才躺下,小鹿辗转反侧,难以入眠。不知道徐嘉铭现在变成什么样子了,他怎么就找到我了呢?他会和我聊些什么呢?小鹿一闭上眼睛就开始想这些问题,过了许久才迷迷糊糊睡着了。早上起来,小鹿一照镜子,脸色差得吓人,天哪,怎么去见人?于是她做了一张补水面膜和眼贴膜,化了点淡妆,看上去才好些。中午,乘午休时间,又做了一张美白面膜,四年多没见,总不能让自己很寒碜地出现在徐嘉铭面前吧!

徐嘉铭把小鹿约在了南京路步行街上的"干锅居",是一个吃鸡的好地方,徐嘉铭的口味没变。小鹿走出办公室大门的时候,徐嘉铭发短信给她说已经到了,不过叮嘱她别着急,他先看看菜单。幸好办公室离那里不算太远,小鹿连奔带跑总算在约定时间前五分钟到了,她知道,搞技术的男生很讨厌没有时间观念的人,她不想给他留下坏印象。

"你一点也不像工作了的人。"这是徐嘉铭见面之后说的第一句话。

"那么,在你心目中,工作了的人应该是怎样的?"小鹿坐下后反问。

"呵呵,说不清楚,总之我觉得你还像个大学生,甚至高中生。"徐嘉铭笑着说。

如果是在大街上遇见,小鹿一定认不出徐嘉铭了。他已经褪去了小男生的模样,整个人长开了,是个大男孩了,黑了,也瘦了,脸部轮廓很分明,皮肤比以前粗糙了一些,估计是北方的气候不好。可他还是很帅,而且很有绅士风度,会主动为小鹿拉开椅子、

倒饮料、盛汤,小鹿打心底喜欢这样的男孩,和他的眼睛四目相对,小鹿还是有脸红心跳的感觉。

"你怎么知道我手机号码的?"小鹿终于忍不住问。

"你们班不是也有人考上清华了吗。"

噢,想起来了,就是那个问小鹿有没有 120 斤的家伙,外号"小胖子",其实一点也不胖。他运气好,高考超常发挥,居然也进了清华,真是让人跌破眼镜。小鹿在校友录上留过手机号码,他知道也正常,可徐嘉铭为什么要打听她呢?

"嗯,那么你找我有事吗?"小鹿按捺不住直接问,心想,您老就快公布答案吧,别再玩猜猜猜的游戏了。

"我直研了,这次到上海的一家汽车公司锻炼三个月,小胖子让我代他向你问好。"徐嘉铭语速不紧不慢,说到小胖子,好像有些窃笑。

虽然小胖子关于体重问题让小鹿愤愤然过,可时过境迁,早就不放在心上啦。四年来都没见过面,亏他还惦记自己。

"哈哈,我很久没有见他啦,不晓得他有没有成为名副其实的小胖子呢?"

"没有啦,他学习挺刻苦的,长胖基本无望,况且他自己也说了,在没有找到女朋友之前,绝不容许自己发胖。"

有了小胖子这个话题,小鹿和徐嘉铭的尴尬紧张气氛总算有

所缓解。小鹿问,小胖子有没有女朋友,是不是高高瘦瘦类型的。徐嘉铭说没有,他和小胖子至今都是单身,因为清华的女生实在少得可怜。他还饶有兴致讲了一个笑话,说某天,他和小胖子在食堂排队买砂锅,用餐高峰期间人很多,队伍很长,突然有个女生跑过来问,买砂锅是不是要男女分开排队。徐嘉铭和小胖子当时差点笑岔气,回头看,排队的都是男生,难怪会让女生误会。足以可见,清华的男生是何其多,女生是何其紧缺。

小鹿扑哧笑了出来。原来,清华男生的郁闷不是谣传。

"可是我们学校当年有那么多女生仰慕你,我就不信上了大学,没有女生主动追求你。"小鹿很想知道徐嘉铭的情感生活,一半是八卦,一半是……

"可是自己喜欢的没有,又或许是因为太专注学习了,忽略了其他的东西。清华的优秀男生很多,我进去之后压力很大,打篮球、搞乐队的时间也很少,所以我挺怀念高中生活的。"徐嘉铭的言语间流露出了些许无奈和感伤。

就在那一刻,小鹿觉得徐嘉铭是如此真实,和以前高高在上拥有无比荣耀的他相比,此刻的他显然更真实,更接近一个凡人的本色。如果以前对他是仰望,那么现在可以平视他了,面对面坐着聊天,对以前的小鹿来说是奢望,可是现在突然成为了现实,是不是生活在拿走你一些财富的同时也会赐予你一些新鲜的东西？

徐嘉铭聊了很多关乎北京、关乎清华的话题，也许是在北京呆了四年，他也变得特能侃了，讲话也字正腔圆。小鹿很喜欢听，就好像打开了一扇窗，她看到了外面多彩的景色。

吃完饭，徐嘉铭坚持送小鹿回家，小鹿在站起来的瞬间，久违的自卑适时地来造访。她和徐嘉铭的身高差距如此明显，和他站在一起，总感觉自己像个没发育好的孩子。这种感觉非常糟糕。

"你是不是又长高了？"走到大街上，小鹿仰头问他。

"好像是的，不过我老妈不希望我长太高，怕人家误以为我是头脑简单四肢发达的体育生。"徐嘉铭说，"其实她瞎操心，在北方，我这种身高根本就不算什么。"

"北方的女孩子是不是也都很高挑？"

"是呀，1.60米以下的女孩子基本上算很矮很矮的了。"

"徐嘉铭，我很受伤，你严重伤害到了我。"小鹿停下脚步，噘起嘴巴。她自己都吃惊，怎么对徐嘉铭撒起娇来了。按理，她应该很羞涩很含蓄啊。

"哎呀，怎么了，我没说你矮呀，个子太高的女孩子有什么好呢，像电线杆杆在那儿。"徐嘉铭倒是反应很快。

"不行，你得请我吃冰激凌。"小鹿眯起眼睛笑着说。

"好吧。"徐嘉铭也笑了，笑得很漂亮，其实，好看的男生怎么样都是帅的。

就在路边的麦当劳甜品站买了一个两块钱的圆筒冰激凌,徐嘉铭说他不要了,一个大男人在大街上啃奶油会被人笑话的。这样的话周以前也说过,可是和周在一起,虽然每次只买一个冰激凌,但第一口总是让周吃的,把周感动得不知说什么好。想到周,小鹿又有些伤感了,话也没那么多了。

徐嘉铭坚持送小鹿回了家,他说美女走夜路让人很不放心。"美女"只是一个大家普遍在用的对所有女生的昵称,可听徐嘉铭这样说,小鹿还是有那么一点点小兴奋。

临别前,徐嘉铭说:"我在我表妹家看到一本杂志,上面有你的文章,呵呵,成大作家了。"

这句话让小鹿心惊肉跳,他看到那篇小说了?那么他看到那个女孩写情书给男孩的细节了吗?怎么像晴天霹雳一样,把这晚所有美好的体验都吓走了。

徐嘉铭挥挥手说再见了,小鹿跌跌撞撞上楼,噢,天哪,但愿他只看了标题,没看小说内容,小鹿暗自祈祷。

杂志社组织大家去杭州玩,小鹿没去,借口是来例假了,肚子疼。杭州去了太多次了,每个季节都会去一趟,每个季节的西湖都有不同的魅力。每次都是和周一起,东坡肉、西湖醋鱼、干炸响铃,每次去都会吃,如今再去,怕是要触景生情了。主编倒没多说什么,只说要注意身体,别吃太多冰激凌了。

一个人留守在办公室实在没劲,小鹿在杂志社的食堂吃完午饭就出来了,坐了车回到大学,去找景。景在小鹿的对面床上睡了四年,是关系最亲近的室友了,两人常常坐在文史楼前的大草坪上铺张报纸边嗑瓜子边聊天,聊男生、聊教授、聊娱乐明星,也聊前途和将来。景是很本分的女孩子,不逃课,哪怕是大冬天的早上,也不留恋温暖的被窝,赶去上第一节课。她上课从来不开小差,记笔记的功夫一流,本子不够用,小鹿会递上自己的,小鹿没有记笔记的习惯,轮到要考试了,直接把景的笔记拿去复印就行了。大三选课的时候,小鹿和景选的一模一样,就是为了能和景有个照应。景不是漂亮的女生,可有她独特的味道,娴静、聪慧,也许是男生不懂得欣赏,大学四年,景的身边没有出现过亲近的男生,或者说,没有出现过看得过去的男生,那些歪瓜裂枣的就别提了,有还不如没有呢。

"你说,那些长得奇特的人接近我,是不是觉得我和他们比较匹配啊?"景曾经酸溜溜地说,"男人一般对有把握搞定的女生才出击。"

"他们这是不自量力,你又何必庸人自扰呢?"小鹿劝她,"你在我眼里啊,就是一个气质美女,像香港演员陈慧珊那种。"

"我这辈子听到的好话估计都是你嘴里冒出来的。"景叹口气,"要是有帅哥也这样说,估计我就把持不住自己了,哈哈。"

"如果我是男生,一定娶你。"小鹿靠在景的肩膀上说。

"可惜你不是呀。"景用手指点点她的脑门,"如果你是男生,可不能那么袖珍。"

"哼,我敢保证,如果我是男生,一定高大英武。"

然后两人抱在一起笑。

坐在车上,想起这一幕,小鹿的嘴角也咧开了。毕业几个月了,小鹿和景只见过一次,也就是在小鹿搬了家以后,景带了一只西瓜过来,说是庆祝乔迁之喜。景一直说忙,大四保送研究生的时候,景本来的专业是现当代文学,可是报的人太多了,保险起见,景就选择了语言文字学,因为在这方面下的工夫不深,和其他同学比起来有差距,所以现在学起来有些吃力,而且导师对她要求很严格,开了一长串书单,估计景除了上课吃饭睡觉,其他时间都泡在图书馆了。

果然,小鹿发短信给景,说她到了学校时,景匆忙从图书馆跑出来见她,抱着一堆笔记和书,还戴了有眶眼镜,据说戴隐形眼镜过敏发炎了。

活脱脱的一个"书女"啊，小鹿感叹。

"小鹿，你怎么瘦了。"景一见面就惊呼，"是不是领导压榨你？"

"哪有啊。瘦了还不好吗？这么大惊小怪。"小鹿拧了一下景的脸蛋，她才瘦了呢。

有些人，哪怕天天见面，却亲近不起来；有些人，即使很久不见，还是亲密无间，小鹿和景就属于后一种。小鹿很习惯地挽起了景的胳膊，两人一道去景的寝室坐一会儿，吃了点水果又带了包瓜子来到大草坪上聊天。

"你和周怎么样了，有没有考虑过结婚呢？"景问，"我有些高中同学一拿到大学毕业证就往民政局跑呢。"

"周失踪了。"小鹿抓着景的胳膊，指甲都快嵌进她的肉里了，"我也不知道该怎么办。"

"不会吧？"景的嘴张得老大老大的。

景安慰了小鹿几句，说周不会有事的，也许是突然被老板派去出差了呢！其实彼此都知道，这些话没有说服力，可总免不了要用这些话来安慰自己。

"景，你过得怎么样？是不是被导师折磨得濒临疯狂了？"小鹿问。难得在网上和她聊天，都是听她在抱怨导师如何严格、如何变态。

"我觉得老处男和老处女一样可怕。"景愤愤地说，"他压榨我们的时间，恨不得让所有女生都没有时间谈恋爱，太小人了。"

景的导师也曾给小鹿上过课，是一个北大的博士后，30多岁，至今单身，也许是因为做学问太耗费精力了，他的头顶已经开始呈现秃的趋势。他抽烟很凶，常常课上到一半突然停下来说："你们先消化一下我刚才讲的知识点，我去外面抽根烟。"他不注意着装，一个冬天就看他穿那一件紫色的羽绒服，脏得都快成抹布色了。虽然举止怪癖，但他的学问，听过他课的人还是佩服得五体投地的。

"那你们应该多关心一下他的生活，给他介绍一个师母不就得了！"小鹿说。

"哪个女生会看上他呀？而且他眼光也不低，难啊。"景摇摇头，"反正我在他手下也就熬三年，他的生活我才不费心呢。"

"景，那你其他方面怎么样，我是说除了你的学业。"小鹿看得出来，景的生活并不是她说的那么简单，她的脸上有些异样的光芒——恋爱中的女人所特有的光芒。

"嗯，小鹿，我好像喜欢上了一个人。"景低下头，羞怯地说。

景说最近认识了一个诗人，两个人很谈得来。景是某个诗歌论坛的斑竹，经常会策划一些诗歌朗诵会，召集了很多诗歌爱好者，还会影印一些诗歌集子。景和那个叫越的诗人就是在某次朗诵会上认识的,越在那个论坛混迹很久,只是以前在武汉读书,只在网络上露面,现在到上海工作了,才有机会参加朗诵会。景和他一见如故,并交换了各自的诗歌。越经常约景出去喝茶聊诗歌、买书,景不知道这算不算恋爱中的约会,她只知道,见不到越的时候会很想念他,她现在上课也不那么专心了,常会走神,想起她和越在一起的某些细节。

"你完蛋了。"小鹿听完以后说,"你被他套牢了。"

"他真的很有魅力,写的一手好诗,而且不媚俗。"景继续用崇拜的口吻形容他。

"那么,你问过他的意思吗? 他把你当女朋友看吗?"

"我也不清楚他的想法,他没有牵过我的手,我们就是喝茶、聊天,不谈儿女私情。"景说得很无助,"他长得不错,不一定看得上我呢。"

"别那么没自信,谁找你当女朋友啊,那是谁的福气。"

景开始絮絮叨叨他们在一起的每个细节,就如同小鹿刚开始和周恋爱的时候,每次约会回来,都会事无巨细向景汇报。交换彼此的心事,这样才算好姐妹吧。小鹿没见过那个慷慨激昂的诗人,可是预感告诉她,这个男人未必是景合适的选择。生活,不能只有诗歌,还有更多的内容,景没离开校园,所以保持着女学生最初的单纯,可是单纯太久未必是好事。当然,小鹿不会把这些担忧告诉景,景这个时候最需要的是关怀和鼓励。

好女生都该有好归宿。这话是女性文学研究课上,一个瘦弱的中年教授说的。尽管他外表不阳刚,可女学生们都觉得说出这句话的人一定是男子汉。小鹿希望,她和景,都能有好归宿。

三

小鹿没有回租的房子,而是回到了自己家。她以前拼命想出去租房住,是嫌家里太吵,妈妈太唠叨,没有自己的空间,可现在觉得,热闹总比冷清好,有人在耳旁唠叨也是一种幸福。

他们家的关系有些复杂,常常要费很多口舌才能解释清楚。小鹿有个哥哥,是同父异母的哥哥,当年爸爸第一个老婆生了孩子没多久就去世了,而妈妈因为太挑剔,挑过头了,等到 28 岁还没嫁人,于是就有人撮合了爸爸妈妈。妈妈觉得有些别扭,不愿刚嫁过去就当后妈,于是爸爸把儿子送到了父母家。后来因为爷爷奶奶相继去世,哥哥才重新和他们住到一起,那一年,小鹿 6岁,她的房间不再属于自己,她和哥哥睡上下铺。小鹿是喜欢哥哥的,每次在同学面前说起哥哥都很自豪,因为同学们都是独生子女,有一个哥哥就意味着别人不敢轻易欺负你。哥哥对小鹿也还好,处处让着她,但是和妈妈在一起,哥哥就会很不自在,家里

的气氛就会有点尴尬。哥哥上中学开始，就一直读寄宿制学校，假期回家就在客厅打地铺，因为小鹿渐渐大了，两人再睡一个房间难免尴尬。哥哥大专毕业后没多久，就结婚了，嫂子是小鹿的表姐，大姨妈家的，妈妈做的媒，说这样可以拉近哥哥和她的关系。哥哥和嫂子结婚一年后，就生了宝宝，小鹿很喜欢这个小家伙，眼睛大大的，口水横流，喜欢尖叫，看见美女就笑，小鹿叫他小臭屁，并预言这个家伙将来是个大帅哥。家里买了复合式的房子后，一家人就住在一起，妈妈负责带孩子。因为小臭屁的存在，家里顿时有了生机和活力，哥哥和妈妈的关系也融洽了不少，经常凑在一起商量点事儿。

每次回家，妈妈总会拉着小鹿问长问短，工作啦、感情啦，问得很详细，每次都问到小鹿大喊受不了。因为怕麻烦，小鹿隐瞒了她和周的恋爱关系，妈妈只知道她有那么一个要好的异性朋友。这样也好，周离开了，小鹿也不用费心向妈妈解释。

小鹿回家，没带钥匙，是哥哥开的门。妈妈正在喂小臭屁吃米汤，爸爸正在厨房刷锅洗碗，这可难得，以前爸爸吃完饭就坐在沙发上看报纸，什么事都不管的呢。嫂子正在书房里上网打麻将。

"小鹿，回来也不打个电话。"妈妈嗔怪道，却也没起身，继续喂小臭屁。小臭屁斜着眼睛看了小鹿几眼，然后咯咯咯笑了，这让小鹿很满意，说明在小家伙眼里，她好歹还算个美女。

"饭吃了吗?"老爸从厨房里探出头来,满手的泡沫。

"没有呢,不过不饿。"小鹿说,然后打开冰箱,拿了一罐酸奶。

"菜都吃完了,你打个电话回来,我们就可以等你一起吃了。"哥哥说,"我给你下几个水饺吧,不吃饭怎么行,你看你最近瘦成什么样子了。"

哥哥没等小鹿摇头,就进了厨房。而这时,嫂子也从房间里走了出来,和小鹿打了声招呼,又说呆会儿让小鹿去她房间一下。原来她和哥哥去了厦门玩,买了很多贝壳装饰品,让小鹿自己挑,小鹿挑了一个贝壳挂件,是大象造型的,看起来很好玩。

吃了水饺,又吃了一个苹果,和小臭屁玩了一会儿,小鹿起身告辞。妈妈留她住下,小鹿说她还要写点东西呢,况且换了床也睡不踏实。哥哥送她下楼,而妈妈自始至终都没有拉着她的手问过她一句话。确实,和小臭屁比起来,自己是个大孩子了,没有权利独占妈妈的爱了。

"小鹿,你最近是不是遇到不开心的事情了?"电梯门开了,哥哥突然这样问。

原本以为男人总是比较粗糙,没想到,发现自己情绪有问题的居然是哥哥。越长大,小鹿就越觉得哥哥可亲,虽然不是同一个母亲,可他们之间有默契,小鹿的心事哥哥一眼就能看穿。

"还好啦,就是刚工作,有些不适应。"

"有什么不愉快就跟家里人说,我们终归是最关心你的人。"哥哥拍拍她的肩,"要是在外面住得不习惯,就回来住,你的房间我们一直都留着呢。"

"嗯。"小鹿点点头。

"马上要过中秋节了,你想要什么礼物呢?"

"随便啦。"

哥哥很细心,每年大大小小的节日,都会准备礼物给小鹿,MP3、数码相机、U 盘、名牌运动鞋等等,有时来不及买礼物,就会包一个红包给她。有这样的哥哥,同学们都羡慕得不得了,小鹿知道,哥哥一直对她怀有歉疚。她 6 岁之前,有自己的小房间,独享爸爸妈妈的爱,可是哥哥来到以后,她不再是唯我独尊的小公主了。妈妈为了不让外人说她是刻薄的后母,常常会故意对哥哥好些,吃的东西总是把大份的给哥哥,刚开始的那段日子,小鹿不知道哭过多少次呢。哥哥是明白的,于是更加爱护小鹿,事后还会把原本属于自己的那份都给小鹿。

走到小区门口,哥哥为小鹿拦了辆车,小鹿和他说再见,哥哥做了个手势,让她回去后打个电话报平安。

看到哥哥淡定幸福的模样,小鹿很安心,也有些羡慕,不知道自己今后将和哪个男人组成家庭呢?

四

中秋节那天,杂志社发了两张月饼券,到指定地点去领两盒月饼。她在去的路上,收到徐嘉铭的短信:今晚有空一起赏月吗?小鹿回复道:在家里吃完晚饭再出来行吗?他马上回复:好,保持联络。

排了很长的队,拿了两盒铁盒装的月饼,小鹿打车回家。虽然看上去有些简陋,可小鹿喜欢这样的铁皮盒子。小时候有过很多这样的铁皮盒子,用来装明信片、装信件、装明星黏纸,当宝贝一样收藏着。小鹿觉得,人的大脑就是一个容量巨大的铁皮盒子,可以装下那么多记忆,那么多人和事,而且保鲜功能也一流。

在家里热热闹闹吃了一顿全家餐,小鹿带了两个月饼就出门了。徐嘉铭约她在高中校园门口见面。

高中毕业后,小鹿就没有再回过母校,似乎也没有什么理由让她回去,而且,门卫管得严,根本就不让外人进去。小鹿没想到徐嘉铭会约她在这里见面。

"我们没穿校服,没有学生证,进不去的。"小鹿对徐嘉铭说。

"放心,有我呢。"徐嘉铭朝她挤了挤眼睛,胸有成竹的表情。

果然,徐嘉铭和门卫说了两句,门卫就笑眯眯地摆摆手让他们进去了。

"好神奇呀,你用什么买通他的?"小鹿好奇地问。

"呵呵,我好歹也算是这个学校的名人呀。"徐嘉铭说,有一些些小小的得意。

好像也是,高一那年的中秋节,据说徐嘉铭的抽屉里塞满了各种各样的月饼,不用猜就知道肯定是仰慕他的女生送的,够他吃上几个月的了,据说他拿来招待全班同学了。

徐嘉铭和小鹿在校园里随意走走,夜色不错,很安静,这个时候同学们都还在上晚自修。学校的变化不大,只是绿化更好了,人工湖也开凿得更大了,道路更宽敞了。走到操场,徐嘉铭建议去升旗台上坐一会儿。徐嘉铭当过很多次光荣升旗手,那时小鹿是广播操队伍中的排头兵,一眼就能看到徐嘉铭,有敬佩也有羡慕。

"你知道吗?我高中三年一直有个愿望,那就是当一回光荣升旗手。"小鹿坐在高一级的台阶上说,"可三年来,我表现平平,哪轮得到呀。"

"呵呵,早点认识我,我就让给你一回。"徐嘉铭望着她说,在昏暗的路灯的映照下,小鹿呈现出柔和的美,怎么以前就没在意学校里有这样一个女生呢?

"算了,谁让我没出息呢。"小鹿从包里掏出两只月饼,"一个是莲蓉,一个是咸蛋黄的,你要哪个呢?"

"你挑剩下的给我吧。"

"那好吧,我们一人一半。"小鹿把两只月饼都掰成两半,递给徐嘉铭两个半份,"好了,这样我们每人都能尝到两种味道了。"

"哈哈,亏你想得到。"徐嘉铭笑了,欣然接受,并吃了起来。

"你知道吗?我们高一那年的中秋节就玩过这样的游戏,全班同学抽签,每两个人交换自己的月饼,结果我抽到的交换对象是小胖子,他带来的那个月饼是百果的,我最不喜欢的味道了,他给我的那半份我根本就没吃,还给他了,他居然好意思把我的那半份椰蓉月饼给吃完了。"小鹿嘟哝着,"不知道他现在在做什么呢?"

"说不定也在和别人念叨你呢,女孩子真记仇啊,这点小事居然现在还记得。"徐嘉铭说,"不过他和我说起过这事,我觉得你们挺好玩的,像欢喜冤家。"

"最让我受不了的是他老说我胖,还很夸张地说要把他的外号让给我呢,真把我气死了。"

"我看你一点都不胖啊,他那是和你开玩笑呢。"徐嘉铭把小鹿上上下下打量了一番说,"喜欢你才会和你开玩笑的。"

这样看来,徐嘉铭对自己果真是一点印象都没有了,他肯定忘记了他曾经为一个女生细心包扎过伤口。又或许，是因为自己变漂亮了，他不记得了吧！

"呵呵，你不怕胖吗?"徐嘉铭吃到一半停下来说，"很多女孩子晚上都不吃东西的。"

"如果为了减肥就不吃美食，那人生就会少了很多乐趣。"

"对呀，我也喜欢品尝美食，在北京经常和同学出去吃吃喝喝，北京吃饭比上海便宜。"

"好像很多人都这么说，真羡慕你们。"

"什么时候去北京玩，我和小胖子请客。"

"好。"小鹿点点头，冲他微笑。从来没想过，有一天能和自己的偶像坐在升旗台前吃月饼，如果时光倒退到几年前，校园里该有多少女生为此而妒嫉她呀！

吃完月饼，逛了逛校园，时间不早了，第二天还要上班，小鹿和徐嘉铭跟随下了晚自修的人流走出校园，各自拦了车回家。

"我到了，今天月色很美。"车子刚开进小区大门，就收到了徐嘉铭的短信。

"我也到了，确实很美。"简短地回复他。

坐在床上，从包里拿出两份礼物，一份是哥哥送的，一份是徐嘉铭临别前塞给她的。哥哥送的是一张书券，可以凭此券到书城免费领一套安徒生童话全集精美插画版。和书券放在一起的是一本粉红色的 hello kitty 的笔记本，很漂亮，不愧是哥哥，清楚知道她的喜好。徐嘉铭送的礼物是一瓶绿茶味的香水，牌子很好，估计挺贵的，小鹿凑近闻了闻，清新淡雅，很好的味道，也许在徐嘉铭的眼里，自己也是这样的一个女孩子吧！

"谢谢你的礼物。"发短信给他，算是礼貌的表示。

"你的月饼很好吃。今天很开心。"徐嘉铭回复得很快。

这样的日子很美，可是惟独缺少了周在身旁，什么礼物都比不上他的出现。他在哪里，他会和谁一起赏月呢？

第三章
想念你的模样

在雨中想起你的模样

感觉那么温暖那么哀伤

刹那间你似乎就在眼前

一切好像回到了从前

很多次一起走在雨中

那个情景浪漫如梦

——汪峰《在雨中》

一

夏天慢慢过去了，裙子似乎也要收起来留到明年再穿了。单

位同事说小鹿的脸色变好了,前段时间太糟糕了,他们都为她担心呢。小鹿笑着解释说最近睡眠质量比较好。其实,小鹿还是常常会失眠,想起周,但是她不再绝望,她坚信周还会回来,所以自己不能憔悴,要用最好的状态迎接他的回归。而另一个原因或许是因为徐嘉铭的缘故,他和小鹿联系比较密切,让小鹿找回了很多美好的高中记忆,也不再因为孤单而胡思乱想了。

而小鹿和徐嘉铭真正亲近起来,是因为一次断电事故。

那天,开着电脑、开着电视机、开着音响,小鹿去洗澡,洗到一半,突然电灯暗了。热水没了,冷水浇在身上让小鹿一阵一阵寒。泡沫都还没冲掉呢,真郁闷。小鹿裹了条浴巾出来,发现房间里也是黑乎乎的一片,电视机没有画面,音响也没有声音,难道是停电了?可是一眼瞥见楼道里的灯亮着,隔壁人家的电视里也上演着好戏。保险丝断了?小鹿对此一窍不通,家里碰到这种情况,有哥哥有爸爸;学校里碰到这种情况,有宿舍管理员,可是搬到这里以后,这样的情况还是第一次碰到,真不知道该怎么办才好。生活常识上,小鹿承认,自己是个大白痴。摸索着,找到了放在电脑桌上的手机,给哥哥打电话,关机了,估计是睡觉了,有了小臭屁以后,全家人的作息都跟着小臭屁转。给李曼打电话,问她什么时候回来。李曼小声接电话说,她今晚看通宵电影,不回来了。

她平常都在家的,偏偏挑今天去看通宵电影,生活和小鹿开

了一个不大不小的玩笑。看来，这是在考验她的生活能力，只能交白卷了，真的是一点都不懂。回到浴室，勉强着用冷水冲了身子和头发，穿好睡衣出来，给徐嘉铭打了个电话问他碰到这种情况该怎么办，幸好，电话不用电。

徐嘉铭一听就说要赶过来，只有看了现场他才能知道该采取何种措施。听他口气很认真，不像是开玩笑。小鹿忙阻止他说不用了，反正她都准备睡觉了，这么晚怎么好意思让他跑来跑去呢。她说，明天早上可以请物业来修，只是有点害怕，黑漆漆的，不敢睡觉，平常她都是开着床头灯的。徐嘉铭说，那么就给她讲故事吧，算是催眠，睡着以后就不害怕了。那天的电话持续了多久，小鹿不记得了，他讲了什么，小鹿也没听清楚，只是半夜醒来上厕所，发现自己手里还握着话筒，话筒里传来他均匀的呼吸声。就是在这一刻，小鹿觉得徐嘉铭是一个可以亲近的朋友，也可以继续是自己的偶像，两者并不冲突。

第二天早上起来，刷牙的时候看见一身疲惫的李曼回来了，和她说了停电的事情，李曼说："也许是漏电保护器跳掉了，我看一下。"她搬了张凳子到门口，爬上去打开一个白色的盒子，摁了一个开关说，"重新开了就可以了，我也碰到过几次这样的状况，没事的。"

幸好徐嘉铭没来，要是他深更半夜跑来，发现只是因为漏电

保护器跳掉了,会不会郁闷得几天吃不下东西?而小鹿也一定会
窘得不敢再见他。还好,还好,小鹿拍拍胸口。

虽然晚上停电,可睡得还算比较踏实,小鹿神清气爽去上班,
一天下来也不觉得累,打算再留下来写点东西。家里也有电脑,
不过一回家就收不住心,就想打游戏,最近玩连连看简直玩疯了,
玩得眼睛要瞎掉了,可就是克制不了。在办公室的电脑前,小鹿
比较安心写东西,毕竟这里有工作氛围嘛,而且电脑里也不敢装
游戏,被主编看到还不得挨批。

冲了一包立顿奶茶,从抽屉里拿出一包奥利奥,小鹿开始新
的创作。正在这时,有人敲门。办公室里其他人都走光了,小鹿
只好自己起身去开门。

门外站着一个快递。

"小姐,请签收。"快递递给她一个鞋盒那样大的盒子。

没错,是给她的,她签收了,不过是什么东西呢?又不是什么
节日,谁会给她送礼物,而且还叫了快递。

小鹿小心翼翼拆开硬纸壳,又拆开塑料袋,里面居然是一个
hello kitty 的迷你台灯。盒子里有一张纸条:小鹿,台灯是用电池
的,停电的时候能派上用场。徐嘉铭。

呀,亏他想得那么周到。小鹿禁不住诚惶诚恐了,他居然是
这样一个心思细腻的人。随即拨通他的电话说谢谢。

"呵呵,喜欢就好,本来想亲自给你送过去的。但是昨晚没睡好,有点累,就叫了快递。"徐嘉铭在电话里的声音能听出来有些疲倦。

"不好意思,昨晚让你那么晚睡。"小鹿是真的觉得抱歉。

"没关系啦,昨晚其实是因为房间里出现了一只蚊子才弄得我没睡好的。"

"你怎么知道我喜欢 hello kitty 的?"小鹿很想知道,他怎么会挑中自己的最爱,好像不记得对他说过呀。

"那次和你去学校吃月饼,我看你背的那只包就是 hello kitty,于是我合理推测。"

真是一个很会观察人的男孩子,但愿自己没有什么不好的表现落入他的眼睛。

"那么晚给你打电话,是不是很没有礼貌?"小鹿小心翼翼问。

"没关系,多晚打都没关系。你在困难的时候想到我,我很高兴,说明我能给人安全感。呵呵。"

"谢谢你,我欠你一顿饭,你记着吧。"

"我记性不好,要是记成了两顿饭怎么办?"

"多少顿都没关系。"小鹿说的是实话。

抱着台灯在回家的车上摇摆,想起徐嘉铭的话,呵呵,这样好

的男孩子怎么到了清华就没有女孩子追呢？也许，是他要求太高了吧。

二

国庆节长假期间，小鹿一直坐在电脑前赶稿子。因为之前有过几个杂志社的编辑联系她，约她长期写稿子。小鹿生来就不懂得怎么拒绝别人，一一答应下来。事后才发现，答应得太快了，到最后吃苦头的还是自己。原本写小说只是喜欢，只是想打发时间，只是想谋杀寂寞，现在当成任务了，还真累，不仅是身体上的累，还有不小的心理负担。编辑们自己放假了，可都规定小鹿长假结束前要交稿的，就算心里再有怨言，事情还是要做的。小鹿不敢拖拉，不敢留下不好的名声，更不想让编辑为难，自己也是做编辑的，要是碰上临阵脱逃的作者，那编辑也会气急败坏的。于是，她只好拼命在电脑前码字，不停码字，还好本来就没什么出游计划。

李曼和男朋友出去玩了，终于不再整天腻在房间里了。小鹿可以自由出入厨房和卫生间了，就这点，让她觉得很兴奋，一个人在家，穿什么都可以，不必畏惧他人的眼光，穿着小吊带打开窗子，呼吸的空气都觉得比平常清新许多。想想自己也真是没出

息,就因为这个而开心成这样,或许是平日里被李曼压制太久了吧。唯一的坏处就是晚上一个人睡觉有点害怕,听到楼梯上的声音,听到窗帘吹动的声音,她都会惊醒。但是这样的日子很快就会过去的。

小鹿写稿子的时候,会挂在 msn 上,把自己设置在离开状态,这样就不会有太多人找她说话,她想说话的时候却可以找别人。msn 上最新添加的人是小胖子和徐嘉铭。小胖子似乎很闲,一天十几个小时挂在上面,而徐嘉铭白天的状态都是忙碌,只有到晚上才是联机。

小胖子每次都主动找小鹿说话,腔调和高中时还是一样,四年过去了,还是没走上成熟男人路线。小胖子知道小鹿开始写小说了,就拼命打听她的小说都在哪里发表,说要认真拜读,以增强自己在文学方面的修养;又说希望小鹿能以他为原型,塑造一个人见人爱、车见车载、啤酒瓶见了掉盖的男主角,迷死一群小女生。小胖子还很八卦地上网搜索小鹿的名字,并逼问小鹿的博客地址。小鹿守口如瓶。博客的地址只有周知道,她只想让周读到她的心情。周离开后,她有一段时间没有更新了。虽然小胖子很聒噪,不过和他聊天,心情还是蛮愉快的。小胖子说,有事就召唤徐嘉铭吧,徐嘉铭是他特地派到小鹿身边的使者。

每天把自己锁在家里写作,一天下来身心疲倦,还好徐嘉铭会每天来陪她吃晚饭。徐嘉铭说，他爸妈去香港旅行了，留下他一个人，因为要做课题，所以不能给自己放假。他知道小鹿一直把自己关在家里写作，饿了就吃泡面时，教训她，怎么可以这样糟蹋自己的身体呢？

"怎么可以这样糟蹋自己的身体呢？"这句话那样熟悉。周常常这样"呵斥"小鹿。每次和周闹别扭了，不开心了，小鹿不会大吵大闹，而是选择不吃东西，甚至不喝水来抗议，来表达自己的不满，这样一来，周就会自动败下阵来，他心疼小鹿的身体。他说，倘若将来两人结婚了，小鹿的身体就是他的财产之一，他不许小鹿提前透支。听上去有些霸道，可小鹿喜欢这样的霸道。

徐嘉铭每天约她出去吃晚饭，因为两人渐渐熟悉了，便不再为去哪里吃伤脑筋，哪里都可以，甚至是在简陋的小店里吃麻辣烫都会很开心。徐嘉铭和小鹿都不挑食，所以吃得很爽快，火锅、川菜、湘菜、杭州菜、鸡、麻辣烫、米粉、拉面，他们都一起吃过。徐嘉铭坚持他请，可小鹿不肯，毕竟她是工作了的人，而徐嘉铭只是在读的研究生，于是两人 AA 制。

"我们可以成为食友。"徐嘉铭在吃完牛肉拉面后说。

"嗯，是呀，只是可惜你在上海只能呆三个月。"小鹿不无惋惜。

"没关系，我寒假暑假都会回上海的。你先留意着哪里有好

吃的,然后等我回来了喊我一声。"徐嘉铭忙不迭说。

"好呀,馋猫。"小鹿打趣,"以后一定要找个会做饭的女朋友噢。"

"那是最好了。"徐嘉铭接茬,"那你也要找个会做饭的男朋友。"

小鹿没再说什么,周离开以后,她都不敢想将来的事情了。

吃完饭,徐嘉铭送小鹿回去的路上,会淘一些盗版影碟,他说晚上没事可以看看。他问小鹿看什么片子,小鹿说文艺片或者动画片。徐嘉铭说他喜欢看恐怖片,收集了很多,问小鹿想不想看。

"不要不要,我一个人看害怕的。"

"那么我陪你看吧。"

"不要了,我晚上会做恶梦的。"小鹿使劲摇头,现在光是聊这个话题,她都有些害怕,开始臆想一些恐怖镜头了。

"哈哈,女孩子胆子就是小。"徐嘉铭笑得很爽朗,"真想看看你害怕的样子。"

"才不呢。你休想得逞。"小鹿把嘴噘得高高的,她现在已经慢慢习惯面对徐嘉铭撒娇了。

可是后来徐嘉铭还是得逞了,只是看的不是恐怖片。

三

那天下着雨,从早下到晚,小鹿写着写着肚子饿了,打开冰箱,发现最后一个面包早上吃掉了,只剩下牛奶了。透过窗户看外面,暴雨倾盆,一走到外面就会全身湿透吧,唉。想起有一次和周吵架,两人站在马路上,仅仅是为了一个明星是否好看的问题,现在想来真是无聊,可当时却为这个发生了争执,谁都不肯让步。突然下雨了,周拖着小鹿去避雨,可是小鹿非要让他先道歉,周不肯,于是就在大雨中继续僵持。雨越下越大,周终于不管三七二十一扛起小鹿就走。当时马路上的行人都对他们行注目礼,小鹿真是羞死了。恰巧被景看到,于是就在宿舍里传开了,被评为"雨中一景",和牵着手在雨中散步一样浪漫。

那都是很久以前的事情啦,小鹿像步入老年的人一样,总是不断把往事翻出来回味,一遍又一遍,会不会成为另一种意义上的祥林嫂呢?小鹿把窗户关紧,犹豫着要不要叫外卖,打了个电话给吉祥馄饨,那边的服务生说叫外卖的人特别多,至少要等一个小时才能送到。估计所有的外卖店生意都会好得出奇,于是不再往别家店打电话了。那就算了,等待的滋味最难受了。想继续写字吧,可是肚子咕噜咕噜叫,把灵感都打发走了。要么躺一会儿？也许躺着就不会觉得很饿了。雨应该很快会停吧，天气预报不是说阵雨嘛，都下这么久了。正在胡思乱想间，手机响了，是徐嘉铭的电话。

听得出，他正在外面，电话里传来了雨声。

"小鹿，雨下得这么大，你别出来吃饭了，我带给你吧。"

"哎呀，你在外面吗？没有被淋湿吧？雨下得这么大，别过来了。"

"呵呵，没关系，我快到了，你准备一下。"

说完就挂了。

小鹿被徐嘉铭弄了个措手不及，徐嘉铭的意思是，他要把东西带到她这里来吃吗？噢，天哪，这里这么乱，赶紧收拾一下。把扔在沙发上的衣服都塞到衣橱里，来不及叠了，一股脑扔进去算了，反正徐嘉铭也不会开她的衣橱。地板上的杂志啊零食啊用塑料袋装起来塞到柜子里。地板很久没拖了，脏死了，小鹿飞奔到阳台上拿了拖把仔仔细细把每个角落都拖干净了。又抓紧时间把书架和床头柜整理了一下，门铃响了。

徐嘉铭像个落汤鸡一样站在防盗门外。

"小姐，你要的外卖。"

"还有心情开玩笑，快进来吧。"小鹿打开防盗门。

徐嘉铭进来后，小鹿先让他去洗一个热水澡，免得感冒；然后把他的衣服挂起来用电吹风吹,短时间干不了,她就找了一件大学军训时发的大号 T 恤想给徐嘉铭,可怎么看这件衣服都嫌小,只好把周留在这里的衣服给徐嘉铭将就着穿了。有一次和周逛街回来,小鹿让周换上新买的衣服在房间里拍了几张照片,旧 T 恤就留在这里了。

"你怎么会有男式衣服呀?"徐嘉铭穿上后问,"我怎么像穿了紧身衣一样。"

"我有易装癖呢,相信吗?谁让你长那么高,本来还想让你穿女式衣服呢,呵呵。"

徐嘉铭不再问衣服的来历了。他打开刚刚带进门的大盒子,是必胜客的比萨。

"我看了必胜客最新的广告,觉得蛮好吃的样子,就想买来和你一起尝尝看。"

"你真是救了我一命,你要是再不来,我铁定就饿死在这间屋子里了。"小鹿顾不得形象,狼吞虎咽起来。

"那你刚才在电话里还嘴硬,说什么让我不要过来了。"

"人家关心你嘛,要是你生病了,你妈还不来找我拼命?"小鹿作出一副受惊吓的样子,"都说妈妈是拿儿子当心肝宝贝的。"

"我妈妈在香港购物快活着呢,才不会来关心我。"

边吃边聊,一个比萨很快就吃完了,似乎还不过瘾,徐嘉铭又像变戏法一样拿出两盒鸡翅和一份薯条。

"我要给你们学校写表扬信,呵呵。"小鹿开玩笑,"塑造当代活雷锋。"

"好啊,说话算话,我可等着呢。"

在愉快的气氛中吃完了,一看外面还在下雨,徐嘉铭提议看完一部电影再回家。小鹿拿了最近买的网上好评如潮的韩国电影《我脑中的橡皮擦》放进电脑光驱。

电影说的是一个家境很好的女孩子和一个建筑工人相爱了,他们冲破家庭阻力,幸福地结合了,婚后最初的那段日子过得很开心。可是有一天,女孩子发现自己的记忆越来越差,甚至都不认识回家的路,去医院做检查,才知道自己得了绝症。她的脑子里像有一块橡皮擦,不断地擦去她过往的记忆,直到最后什么都不记得,也不懂得照顾自己,回归到无知的婴儿状态。丈夫害怕她忘却他们曾经有过的美好时光,在墙上写了很多小卡片,把美好的瞬间都记录下来,希望女孩能记住,可最终女孩还是认不出他了……

小鹿看到那个男主角绝望到近乎疯狂时,她的眼泪哗啦哗啦流了下来。

"小鹿,别那么伤心,这不过是一部电影而已。"徐嘉铭手忙脚乱递了一包纸巾给她。

"我不是伤心,我只是害怕。万一我也得了这样的病该怎么办呢?"

"别瞎说,不会发生的。"徐嘉铭安慰她。这是他第一次看见小鹿哭,她哭起来惊天动地的,着实把他吓坏了。不就是一部电影嘛,至于哭得那么伤心吗?女孩子,尤其是写作的女孩子,感性到这种地步,他还是头一次见识。他搂着她的肩,下意识地就这样做了,没有其他意思。他哄她,反复向她保证,这样的恶运只会在电影里出现,现实生活中不会有那么离奇的故事发生。

可是小鹿的眼泪还是不停流下来,止不住。

徐嘉铭安慰了她许久,她才好些,也许是哭累了。

窗外的雨停了,小鹿让徐嘉铭趁早回家,太晚了不安全。徐嘉铭让她保证,他走后一定不再哭,要不然以后就不会再在她最需要食物的时候出现在她面前。她保证了,也发誓了,可她后来还是在梦中哭醒。

她害怕的不是自己得这样的病,她真正害怕的是周会得这样的病,因而把自己忘记了。如果周没有忘记她,怎么会不给她任何消息呢?和他最后一次见面也是在雨天,揪着他的衣角走过几条马路,依稀还记得他的衣角的褶皱,可是人却不知去了哪里。

四

接到妈妈的电话,声音很着急,她说小臭屁生病了,发高烧,让小鹿去医院一趟。

因为放假,所有的病人都只能看急诊,所以急诊大楼人满为患。而又因为连日来的下雨,气温下降厉害,很多人都生病了,走廊里都放满很多躺椅,提供给需要挂盐水的病人。小鹿发了短信给哥哥,哥哥在门口接他,一脸憔悴。

"小臭屁怎么样了?"小鹿着急地问。

"发高烧呢,唉,那么小的孩子。"哥哥的眼睛里写满了心疼。

看到小臭屁,小鹿也觉得他好可怜,那么小的孩子,什么都不懂,得打针、吊盐水,也许是因为发高烧没力气了,他躺在躺椅上一声都不哭,让人看了更觉得心酸。妈妈的眼睛都是红红的,她自责没把小臭屁照顾好。自从带了孩子以后,妈妈操心的事情多了,瘦了很多,白头发也多了很多。小鹿就在那一刻觉得自己长大了,而妈妈老了,以前总和妈妈拌嘴是多么不应该啊。父母再怎么样都是为孩子好,以后真的要好好孝敬妈妈了。

"嫂子呢?"小鹿看了看四周,不见嫂子的人影。

"噢,她和公司里的人出去旅游了,我没告诉她。"哥哥说。

　　嫂子倒是很潇洒,结婚以后,不做家务,每天下了班照样去和朋友们逛街吃饭;生了孩子以后也不管,丢给妈妈带,自己还经常出去旅游。有时觉得,哥哥和嫂子的角色错位了,哥哥应该是母亲,而嫂子更多地偏向父亲的角色。

　　小鹿陪着小臭屁挂完盐水,和他们一起回了家,吃了午饭。妈妈让小鹿留下来吃了晚饭再走,小鹿说她有稿子要写,今天一定要发掉的,所以得赶紧回自己的窝了。妈妈有些不高兴,说又不缺钱,干吗接那么多活干,节假日都不好好休息。尽管妈妈嘴上责怪小鹿,但还是放她走了,并让她带了些熟菜回去。

　　小鹿回去之后,一边吃着家里带来的花生,一边敲键盘,觉得这样的日子也挺好,写作不单单是为了挣钱,不仅能给自己带来精神上的愉悦,而且能获得更多人的尊敬。徐嘉铭就动不动把作家的帽子往小鹿头上扣,在一个理科生看来,能写小说的人必定是作家了。小鹿倒是不敢当,对她而言,作家二字是神圣的字眼,自己离这个称谓还有很大的距离。如果有一天,她成为了真正的作家,别人采访她是怎样走上写作道路的,她会不会告诉别人她写作是源于她男朋友的出走? 说出来,肯定没人信。

　　终于写完了所有的稿子,发完最后一封邮件,小鹿如释重负,决定要好好犒劳自己,去吃好吃的,去买漂亮衣服,把自己从一个灰头土脸的状态中彻底解救出来,刷卡,刷卡,不断刷卡,满足自己的欲望。

发了个短信给景，约她在淮海路百盛见面。她过了很久才回复说：好。不知道她是在图书馆用功呢还是和诗人越在讨论诗歌。一想到他们两个人在一起像模像样讨论诗歌，小鹿就想笑。有首歌叫《认真的女人最美丽》，不知道越是不是这样看待景的。

小鹿在 T 恤外随便套了件外套，穿了双球鞋就出门了，和景见面，还是随意一些比较自在。自己什么样子景没见过呀！早上起来蓬头垢面的样子，都见了四年了。逛街，找女同伴最好，衣服穿在身上不好看，不要紧，女同伴最多摇摇头说再看看吧，要是让男生看到了，嘴上不说，心里总归有点小疙瘩。况且，男生生平最讨厌的事情应该就包括陪女孩子逛街了，逛来逛去，逛很久，到最后说不定什么都不买，效率太低了。

到了百盛，发短信给景，她说她正在马不停蹄赶来的路上。小鹿就先到地下的季风书园看看。每次进了书店，小鹿就晕头转向，书太多了，都无从选择了，而且大多包装精美、价格不菲。随便翻翻还可以，买回家的话就要三思了，大学里买了那么多书一大半都没看过，拿回家放在书橱里，被妈妈说成是装点门面，还说那些书等她出嫁时当作嫁妆一起跟着她进夫家。妈妈幽默起来倒是蛮幽默的。小鹿站在青春读物书架前，忍不住笑了出来。

"你，是小鹿吗？"突然，身后有个男生怯怯地问。

"你是?"小鹿转过头,看着他。他个子不高、有点敦实、皮肤很白,似乎在哪里见过,有点印象,可想不起他的名字。

"我是周的同学呀,我们见过面的。"他说,"有一次,打完篮球,我们一起去吃饭的。"

噢,这么一说,想起来了,她曾陪周打过一次篮球,说要见识见识三分王的魅力,不过周那次表现不好,他说在美女面前发挥不稳定是情有可原。打完篮球后,确实和他的一帮兄弟去吃晚饭了,他们还喝了不少酒,闹得挺凶的。

"呵呵,想起来了,你工作了吧?"小鹿问。

"是呀,在一家小公司做,整日加班。"他抓了抓头,不好意思地笑了,又像想起什么似的问,"听说周出国了,去哪里了呀?"

出国了? 听谁说的呢? 小鹿像当头吃了一个闷棍,嘴上装作平静地说,"不知道啊,我也很久没有和他联系了。"

"噢。"他神情尴尬地应和道,然后找了个借口说朋友在等他就告别了。

小鹿一直愣在原地,等他走远了,才想起来刚才应该放下面子,问问他,是听谁说的周出国了,说不定还能找到一丝线索呢。可是现在人家已经走得没踪影了,才想起来有什么用。她后悔得直跺脚。

和景见面之后,她还在为这事懊恼,于是一路上都心不在焉。

景的兴致倒是不错,一口气买了衣服、裤子、鞋子、包若干件,还拉着小鹿继续逛,似乎一点也不心疼钱包。小鹿在景的怂恿下,买了一件打五折的粉红外套,并在她的唆使下,剪了吊牌就穿在身上,把原来的外套装了起来。

"小鹿,你原来的外套都那么旧了,别再穿了,对自己好一点。"景说。

"穿旧外套是因为要来见旧朋友嘛。"小鹿说。

"呵呵,这么念旧情啊。"景抬起手腕看了看手表说,"哎呀,我要走了,越在等我呢。"

景说,早就和越约好了去看电影的,可是因为小鹿是她最要好的朋友,不能得罪,于是就先陪小鹿逛街,然后再陪越看电影,这就叫两不误。

"还两不误呢,你才陪我多久啊。"小鹿掐了一把她肉嘟嘟的手背,"去吧,去吧,玩得开心点。"

景兴高采烈走了,小鹿一个人继续闲逛。在化妆品专柜给妈妈买了眼霜和营养霜,虽然价格不菲,可小鹿没有半点犹豫,和妈妈比起来,自己的这点付出太微不足道了。店员不停夸小鹿孝顺,小鹿倒觉得不好意思了,付了钱赶紧拿了就走。

乘上电梯上二楼,小鹿打算买一件礼物送给徐嘉铭,谢谢他对自己的关心。他会喜欢什么呢?给男人买礼物是很费脑筋的,

不像女人,衣服啊首饰啊化妆品啊都可以送。而且,徐嘉铭喜欢
什么,小鹿也不清楚。走过衣恋专柜,看到那只招牌小熊,看到衣
架上挂着的一件件 T 恤,不由自主又想起了周。衣恋是小鹿读大
学时最喜欢的品牌,因为喜欢衣服上的小熊。和周第一次出来逛
街,走到衣恋专柜,小鹿提议说要给周买 T 恤,连着让他试了好几
件,最终选了一件小熊戴博士帽的 T 恤,没有理由,就是觉得喜
欢。可是后来没怎么见到周穿,小鹿有些不高兴,但是因为交往
没多久,她也不好意思问。等到认识一周年纪念日那天,又看见
周穿了,于是问他原因。周说,这是他第一次收到女生的礼物,而
且是自己喜欢的女生,他不舍得穿,只在每年的重要节日穿,直到
老去的那一天。

"那要是以后中年发福了,怎么办?"小鹿问。

"从现在开始保持身材。"

"那要是衣服破了怎么办?"

"就当乞丐装穿啊。"

"那要是有人说你装嫩怎么办?"

"穿自己的衣服,让别人说去呗。"

"我以后每年都给你买衣服还不行吗? 你这样,人家还以为
我很吝啬呢。"

"可是第一件衣服,第一件礼物,是任何其他东西都取代不

了的。"

　　当时笑周傻,可是心里还是很激动,没想到平时大大咧咧的他居然也有如此细腻的一面。如今想起来,更是感慨万千。一点购物的欲望都没有了,脑子里一直浮现着刚才那个男生说的话:听说周出国了。

　　如果周真是出国了,那小鹿倒也放心了,至少说明他没事,可是他走之前怎么连招呼也不打一个? 而且,在一起的日子里,周也没提起过出国的事呀。周,你到底在哪里呢?

第四章
一定等你回来

不做考虑也没半点犹豫

我就说了这一句我等你

你眼中闪过了一些压抑,更多的是怀疑

所以你可以离去

不相信你还会回心转意

是我任性才决定要等你

我眼中的泪没掉过一滴

只是随你背影,慢慢倒流进心里

——刘若英《我等你》

一

最近心情总是烦躁,做事情都没有积极性,任何话题都提不起兴趣,电视也没什么好看的,千篇一律的古装剧或者矫揉造作的偶像剧,都会让人产生把电视机砸了的念头。小鹿被主编叫进办公室的时候,正在纸上涂鸦,乱写乱画发泄情绪。

"小鹿,最近看你精神状态不好,怎么啦? 感情上出了问题?"主编和颜悦色问。

"不是,可能是秋天的缘故吧,心情会比往常糟糕一点。"

"女孩子比较敏感一点,尤其是干我们这一行的。"主编说。

主编那么和蔼可亲,让小鹿有些不自在,不知道她笑容背后藏着什么。果然,主编不是简单的和手下员工谈心,而是布置了一项任务给小鹿,让她去采访一个从宁夏支教回来的研究生,谈谈当地的一些情况,也谈谈他自己的想法。毕竟,像这样一个本来就已经直升研究生却主动申请支教一年的人不是很多,确实是当代大学生的典范。

"小鹿啊,你进我们杂志社以来,只是埋头编稿子,没有出去采访,所以把这次机会给你,锻炼锻炼,别害怕,胆子大一点。"主编鼓励她。

"嗯,好的。"小鹿点点头,接过那个研究生的资料,"我会尽快和他联系的。"

接了任务总比没事干要好,至少可以转移注意力了。小鹿回到办公桌前,马上就拨通了那个研究生的电话,他叫鲁。电话一直没人接听,看来是个大忙人,于是就发了短信给他。等待回复的间隙,小鹿捧着一小盆拍拍香去卫生间给花浇水。拍拍香是有一次和周逛街的时候买的,因为觉得这花特别好玩,光是拿起来闻没什么味道,可是拍拍它再闻就能闻到一股清新的味道了。

"这不是贱骨头花吗?"周听完店员介绍之后说。

小鹿和店员同时笑了起来,那个店员很夸张地笑了许久,还直夸周幽默。

小鹿下定决心买下来,因为店员再三保证,这花很好养,一个星期浇一次水就可以了,而且摘下它的一片叶子就能培植另一盆拍拍香。

"你说,它会不会在我手上死掉?"在回去的路上,小鹿问周。

"我敢打赌,不出一个月,这花肯定会被你折腾死。"周一本正经地说。

"我会记得给它浇水、晒太阳的,你对我有点信心好吗?"小鹿有点不高兴了,周怎么可以这样打击她的积极性呢?

"我觉得,它肯定会被你拍死。"周忍住笑说。

"去死。"小鹿哭笑不得,狠狠拍了一下周的屁股。

"你看你拍起来这么用力,我能受得了,花能受得了吗?"周继续打趣,他就喜欢看小鹿被气得说不出话来的样子。

这花已经养了三个月了,周输了,可是……小鹿浇着花出神,水都溢出来了。

"小鹿,发什么呆呢?"一旁洗手的同事提醒它,"这花要淹死了。"

"噢。"小鹿忙关了水龙头。

回到办公桌前,一看手机有条新短信,是鲁的,他说他愿意接受采访,时间定在明天下午 3 点。小鹿放心了,于是上网查了查大学生支教的有关新闻。

"在做什么呢?"徐嘉铭的 msn 留言框闪啊闪。

"刚才给花浇水。"

"这么好的兴致? 居然还养花?"

"别用这样怀疑的表情。这花挺好养的。对了,我送你一片叶子吧,据说只要一片叶子就能活起来。"

"好啊,快递给我吧。"

"我让风姑娘顺道带过去吧,你待会儿记得打开窗,把风姑娘请进来。"

"风姑娘怎么认识我呢?"

"我告诉她是一个最高最帅的小伙子,她一定能一眼就认出来,除非你们那儿还有比你更高更帅的。"

"那倒是没有,哈哈。我只是担心风姑娘会迷路,上海那么大。"

"难不成让本姑娘亲自给您送过去?"

"正有此意。"

和徐嘉铭这样聊天还是第一次,用孩童般的口吻。不知道他会不会在心底偷笑,说她是一个越来越幼稚的孩子?

下了班,小鹿遵守诺言,果然找了一个花盆,把一片拍拍香的叶子种进去,拎着它去了莱福士广场和徐嘉铭碰头。

莱福士地下一层有家店是小鹿非常喜欢的,叫 lovely lace,里面卖的都是和小熊有关的物品,每件都缀了蕾丝,漂亮极了。就是价钱有点贵,买回去难免会心疼,于是只要有机会,小鹿就会到这家店来看看,和小熊说话。她觉得,这些小熊都是有生命的,它们每天坐在店里,迎接每一个客人,它们有着矛盾的心情,一方面它们渴望有人能喜欢它们肯定它们存在的价值,可另一方面它们又害怕喜欢它们的客人会将它们带走,这样它们就将和曾经要好的伙伴们天各一方了。

小鹿站在橱窗前发呆,全然没有发觉徐嘉铭已经站在她的身旁。

"这么出神想什么呢?"徐嘉铭问。

"瞎想。"小鹿简单地把刚才的想法对徐嘉铭说了。

"小鹿,你保持着孩童的天真,这很好,可是……"徐嘉铭欲言又止。

"怎么了? 好像很严重的样子,别吞吞吐吐。"

"可是你站在这里发呆很危险的,有人偷你钱包你都不知道。"

"噢,原来是这样呀。"小鹿松了一口气,"拜托你以后开玩笑的时候别那么认真,我的心脏会吃不消的。"

"为了谢罪,今天我请客。"徐嘉铭手一挥。

他总是能找各种借口请客,小鹿服了他了。周不在的这段日子里,徐嘉铭一直陪在她身旁,让她好受多了。要不然,一个人整天胡思乱想,会闷出病的。不过,徐嘉铭只在上海呆三个月,还有一个月,他就要走了,到时候,小鹿真有些不习惯了。

二

去采访鲁之前,小鹿正好在电视里看到了一部关于鲁的纪录片,说是他和支教的学校发生了一点冲突,他想把从上海筹集来的资金都用作贫困学生的学费,减少因为交不起学费而退学的学生人数,可校长坚持用这笔钱来改善校舍,学校硬件质量实在太差了。因为和学校领导起了冲突,鲁离开学校的那天,只有学生们自发前去送他,比起自己来的时候学校大张旗鼓欢迎他,这样的场景有些凄凉。本来小鹿对这个人没什么特别的感觉,毕竟只是一次简单的采访任务而已,但是看了这部纪录片,她觉得这个采访对象是个不错的人,要好好访问一下才行。

小鹿坐了一个多小时的车,来到鲁所在的学校。他说他在学生会办公室。之前和鲁发短信联系过几次,他的口气都是淡淡的,言简意赅,似乎一句废话也不想多说。小鹿心里都有些忐忑,她还从来没有单独做过采访呢,实习的时候都有人带着她,她害怕和陌生人相处,要是没有聊得起来的话题,冷场的话,就会非常尴尬,一想到这个,手脚都开始冰凉了。小鹿问了学校保安,打听了学生会大楼,就径直去找他,进门之前还上了趟厕所,她一紧张就会想上厕所。稳了稳情绪,小鹿敲门进去。

"请问鲁在吗?"小鹿问离门口最近的一个女孩子。

"哦,是记者对吗? 你先等等,我马上就来。"鲁走过来招呼她。

鲁看上去和电视里一样,黑黑的,普通话不是很标准。小鹿有些尴尬地站在门口,不再有人理她,大家都忙着呢。

等了十分钟,鲁说好了,去他宿舍采访吧。

　　小鹿跟在鲁后面，他走得很快，一点都没有意识到后面有女孩子跟着他，看来，他一定没有女朋友，小鹿暗自猜测。

　　鲁的宿舍条件不错，一人一小间房，还带阳台呢。

　　"不好意思，刚搬进来，还没整理，屋里有点乱。"鲁倒了一杯水给小鹿，不好意思地踢了踢还没解开的大箱子。

　　鲁很能聊，也许当过老师的人就是不一样，你只要开个头，他就能顺着这个话题讲一大堆，弄得你都不好意思打断他。

　　不过听他讲那些孩子们的故事，小鹿也很动容。那些孩子怕羞，不习惯口头表达，就会通过书信的方式和他交流；还有手巧的女孩子会绣鞋底、枕套给他；还有学生偷偷把烤熟的玉米、地瓜放在他宿舍门口，等他听到敲门声来开门的时候，早就不见人影了。他送给学生的水果糖，学生珍藏起来一直舍不得吃……类似的事情，几乎每天都在发生。

　　"真好啊，听你这么一说，我都想去了。"小鹿不无羡慕地说。

　　"不行，你去了肯定吃不了那个苦，肯定天天哭鼻子。"鲁说，"女孩子多娇气。"

　　噢，好像也是，看他晒黑了那么多，就知道条件有多艰苦了。

　　鲁拿出很多学生的信件和送他的手工制作的礼物让小鹿拍了些照片，然后他们又闲聊了其他的一些事情，比如那个纪录片不符合事实，他并没有和当地学校的领导闹翻；比如他因为去宁夏支教,有很多人误解他是为了名利;比如他也是在山区长大的孩子,知道生活不容易等等,这样的采访聊天让小鹿觉得很舒服。如果是去采访那些明星,你不用问就知道他们会做出怎样的回答,说话都像是作一场秀。

和鲁告别的时候,小鹿对他的印象完全改观了,先前觉得这个人冷淡,此时觉得他就像一个认识多年的朋友一样亲切。鲁把她送到车站,还在学校的教育超市买了可爱多给她,说这是一次愉快的采访,以前有很多记者来采访他,自我感觉都超好,让他很不舒服,可是小鹿和他之间的对话,让他觉得平等。因为平等,所以愉快。小鹿问他要了他支教学校的地址,打算以后每个月都给他们寄去一些杂志和书籍,做她力所能及的事情。

当天采访完了,她就去书店买了一些童话和名著,给他们寄去了一个大包裹,虽然钱花了不少,可小鹿很开心,原来,能够帮助人也是一件很快乐的事情。

在网上遇到徐嘉铭,和他说起采访的事情。徐嘉铭说:"怎么不来采访我呢? 我也去支教过的。"

徐嘉铭说,大三暑假,他报名参加了学校组织的去云南的支教活动。有一次,遇到泥石流,差点送了小命呢。其实,他当时也吃了不少苦,但帮助了不少学生,他现在还定期资助几个贫困学生的学费呢。

"是吗？要不我和我们主编说说，顺便也采访你一下？"

"做好事不留名才符合我的个性嘛。"徐嘉铭又不好意思起来，"再说，和那些支教了一年的同学比起来，我还真的不算什么。"

和徐嘉铭接触久了，小鹿越来越觉得这个人不简单，从前对他的看法都太片面化了，现在看到了渐渐立体化的他，觉得他真的不错。

"看你这么好，我给你介绍女朋友吧。"小鹿说，"你说喜欢什么样子的？"

"我要求很低的，像你这样的就可以了。"

"晕死，难道我很差吗？"小鹿明知他开玩笑，却还装作气得背过气的样子。

"哈哈，你自己觉得呢？"

看来，徐嘉铭是存心转移话题，不想回答小鹿，也许他有喜欢的人了吧！小鹿本来还想八卦一下继续追问，可是编辑部主任喊她过去开选题会议，只好作罢。

因为杂志的一些栏目要做调整，相应的稿子还得重新编排，小鹿晚上留下来加班。叫了一份外卖，咖喱鸡饭，平常吃都没问题的，可是这天也许是因为吃完了没有运动，一直坐着的缘故，肚子很难受，想呕却呕不出来。喝了一点温开水，肚子反而更胀了。发短信向徐嘉铭哭诉，徐嘉铭当时已经到家了，刚吃完晚饭。

"我来找你,给你带点胃药,如果还难受,就得去医院了。"徐嘉铭的口气很着急。

过了 15 分钟,徐嘉铭打车到了她的办公室,小鹿当时好受多了,就是觉得有点恶心。

"要不吃点药?"徐嘉铭柔声问,"我看你脸色很不好。"

"我不想吃药,等我把这个稿子弄好了,你陪我出去走走吧。"小鹿说。

她挣扎着把手头的稿子弄好,存档,备份,然后关了电脑,和徐嘉铭一起走到南京路。

果然,在外面闲逛,肚子就舒服多了。他们在步行街上随意走走,看看街上热闹的景象,突然有个卖花的小孩窜出来,围着徐嘉铭,机械地重复着那几句话:"哥哥,姐姐长那么漂亮,买支花送给她吧。"

这样的状况小鹿碰到过无数次,不过都是和周在一起,也不尴尬,加快脚步,不理睬那些小孩就是了。可是现在和徐嘉铭在一起,却是如此尴尬,小鹿在一旁都不知该如何应对,看徐嘉铭那样,估计他也很无奈。

徐嘉铭不说话,可那小孩不嫌累一遍一遍地说,像口香糖一样粘着他们,弄到最后,徐嘉铭缴械投降,他说:"那我就买一枝吧。"

掏了 10 元钱买了一枝快凋谢的玫瑰,顺手就送给小鹿。小鹿接也不是，不接也不是，两个人有一瞬间就僵在那里。

"拿着吧，就当是我送给未来媒人的礼物，哈哈。"徐嘉铭打破沉默，大笑几声。

"好啊，那我要赶紧给你物色了，拿人家的手软啊。"小鹿应和道。

一路上拿着玫瑰很尴尬，生怕再有人错把他们当作情侣，小鹿就把花塞到了自己的背包里，这样她和徐嘉铭的气氛又恢复自然了。

回到家，小鹿把玫瑰花插在矿泉水瓶里，灌了点水，放在窗台上。这应该是她第二次收到玫瑰花吧。第一次当然是周送的了。说来也奇怪，女人特别喜欢在大街上捧着花炫耀自己的幸福，而男人，偏偏就不爱送花。小鹿那时特别羡慕隔壁寝室的一个女孩子，男朋友隔三岔五就送花，以至于她们宿舍天天都是香喷喷的。景就说："小鹿啊，你是我们寝室惟一交男朋友的女生，让寝室香喷喷的任务就由你来完成啦。"小鹿觉得特没面子，和隔壁寝室女生比起来相形见绌，于是吵着嚷着让周送花，还得是一大捧新鲜玫瑰，要从男生宿舍一路捧着走到女生宿舍门口。

"送其他不可以吗？花能用来干吗呀，浪费钱。送巧克力可以吗？或者送你香水也可以。"周求饶，"我平日里最看不起那些捧着一大束玫瑰的男人了，特娇情。"

"不可以，如果不送我花，以后就别来见我。"小鹿说狠话，头一扭。

周拗不过，只好听从。他确实买了一大捧新鲜的玫瑰，他也确实一路捧着走了大半个校园，但是，他送的玫瑰是用一个黑色垃圾袋装着的，黑色垃圾袋很厚实，就和菜市场用来装海鲜的那种袋子差不多。周解释说因为玫瑰花太碍眼了，不用垃圾袋装，他实在没胆量在光天化日之下行走。小鹿当时又好气又好笑，景也差点笑岔气，说男人也是有千差万别的呀。是呀，既然周不习惯，小鹿也就不勉强了，喜欢花自己去买不就得了，干吗非得和周过不去呢。而且，玫瑰和爱情没必然联系。

三

秋天，似乎是一个多愁善感的时节，看落叶飘零都会引人落泪。而景，更是如此。每年秋天，景都会暗自感伤，流下一些她自己都无法解释的眼泪。

晚上 10 点，接到景的电话：有空出来吗？学校后门口的肯德基见。

小鹿刚洗完澡准备上床看电视，一听景的声音有点不对劲，就二话没说，重新穿上外套，披头散发出门了。夜风吹在身上有点凉,特别是因为头发没干,更觉有一股凉意。不知道景这个丫头又在为什么而感伤了。

到了肯德基,迅速瞄了一眼,发现没有景的身影。急吼吼把我叫出来,自己却迟到,太过分了,正想打电话臭骂她一通,景推门进来了。她说接了导师的一个电话所以来晚了。

"想吃什么?"景问。

"什么都不想吃,况且睡觉前吃东西会发胖的。"

"那我们走吧,我也没胃口。"景挽着她的胳膊出门了,"陪我去校园里逛逛。"

看得出,景心情不好,眼皮红肿,显然是大哭过。

在校门口,景买了两份热的珍珠奶茶,珍珠多的那份给了小鹿。读大学时,小鹿和景算是为学校小卖部珍珠奶茶事业的发展做出了杰出贡献,疯狂的时候,每天喝两杯,一顿景请,一顿小鹿请。那时从来不为减肥而戒口,因为学校伙食实在太差了,只好靠打"野食"来给自己补充营养了,珍珠奶茶、鸡蛋饼、臭豆腐、麻辣烫,那些小摊贩一见景和小鹿,就堆满了笑,知道生意来了。景甚至还曾半夜起来泡方便面吃,她说她是被饿醒的,小鹿闻到香味也醒了,于是也爬起来吃泡面,过了一会儿,发现宿舍里的另两个女生也相继起床找面。那时的日子,简单而快乐,却一去不复返了。

和景坐在河边的长椅上,景终于说出流泪的原因。

"越原来是有女朋友的。"她沮丧地说，"其实，我早该猜到了。"

景说，越有一个谈了五年的女朋友，是那种一定会结婚的女朋友。越家境不好，是靠女朋友父亲的资助才上完大学，又得到了来上海发展的机会，就算他再不喜欢那个女孩子，出于报恩，他也一定会和她结婚。前段时间，女朋友出差，所以越和景的交往很顺利，现在他女朋友回来了，对他管得很严，他们见面很难了。

"既然这样，那就和他分开吧。"小鹿有些厌恶地说，"我最讨厌脚踩两只船的人了。"

"说得容易，做起来难啊，我也想和他一刀两断的，可是没有他，我根本就没法专心做事情。"景低下头，抠自己的指甲，"我很烦躁，我不知道该怎么办。"

"那么他是什么意思呢？他表过态吗？"

"他说，让我等他20年。他用20年的时间来报恩，20年后，他自由了，再给我名分。"景满怀憧憬，眼神迷离，似乎看见了20年后苦尽甘来的那天。

"他还是男人吗？居然说出这样的话。他凭什么让你等20年？一个女人的青春就这样葬送在他的手里了。他太自私了，他这样做同时伤害了两个女人。景，千万别做傻事。"小鹿气得跳了起来，一不小心还让珍珠奶茶呛着了，弄脏了衣服。

"别那么紧张,小鹿,我也没答应他。"景掏出纸巾给她擦衣服,"我觉得未来很迷茫,走一步是一步吧。"

"可是你现在继续和他在一起,你会越陷越深的,直到无法自拔,到最后,你会伤痕累累,我不想看到你那样。"

"嗯,小鹿,我知道你为我好。"景把头靠在小鹿的肩膀上,"如果可以,我真想回到从前,无忧无虑,不用为感情烦恼。"

小鹿的珍珠奶茶已经喝完,而景的奶茶还剩大半杯,她也许已经忘记了珍珠奶茶的存在了吧,脑子里应该都是那个冤家的身影。小鹿知道,自己说什么,景都会听不进去的。那么索性就不说了,她现在需要的也许仅仅是一个好朋友可以依靠的肩膀。20年,这是怎样的一个概念,20年,见证一个女人的老去,也可以见证一份爱情的衰退,20年的代价太大了。依照景的性格,也许她真的会等上20年。如果是发生在自己身上,小鹿会等那个男人20年吗?也许,也会的吧?

篮球场上没了动静,路上的学生也少了,小鹿掏出手机一看,都12点了。

"景,我们走吧,学校要关大门了。"小鹿推了推处于发呆沉思状态的景。

"好吧,看看后门关了没有。"景站起来,拿过小鹿的空杯子,也顺便把自己没喝完的奶茶扔进了垃圾桶,拉着小鹿往后门走。

走到后门,发现铁门已经关了。门外有卖羊肉串的人在招呼她们:"同学,你们把钱给我,我帮你们把羊肉串塞进来。"

小鹿和景相视一笑,原来把她们错当成深夜出来觅食的人了。陆陆续续有男生爬过铁门,很轻松很熟练的手法。

"小鹿,你也试着爬过去吧,我用手托着你的屁股,你到时可千万别放屁。"景怂恿她。

"可是我看着有些害怕,我从来都没干过这样的事呢。"小鹿皱了一下眉,"你干嘛兴致那么高?"

"我觉得压抑自己太难受了,还不如放开手脚做些平常不敢做的事情呢。放心,不会有事的,刚才不是有那么多人爬过去了吗?"

在景极力的怂恿和担保绝对安全的情况下,小鹿颤颤巍巍爬上了铁门,爬到上面,正想着该怎么跨过去呢,就听到有人冲她们大叫:"干什么呢,快回去。"

循着声音望过去,要命了,原来是巡逻的警察,警车的灯闪啊闪,一直照着小鹿。小鹿被吓得半死,赶紧用最快的速度又爬了下来,牵起景的手就狂奔。

奔了老远才停下来,和景互看着对方,愣了半秒钟,狂笑不止。

景陪着小鹿走到前门,再三叮嘱她要小心再小心,然后回宿舍去了,宿舍的门已经关了,估计还得和阿姨周旋一下才能进去。

小鹿刚走出校门不久,就收到景的短信:谢谢你陪了我那么久,很开心。

"只要你需要,我的肩膀一直可以让你依靠。"小鹿回复。

虽然有些煽情,可是那又怎样,这个季节本身就是煽情的。

四

因为晚上在河边吹了一夜的冷风,小鹿连日来都是喷嚏、鼻涕不断,吃了感冒药,就犯困,不想编稿子,更不想写稿子,只想躺在被窝里。可是采访鲁的稿子主编一直在催着要,没办法,只好一边敲键盘一边用纸巾擦鼻子了。工作就是这样,不管你的状态如何,领导一声令下,你就得完成。刚开始,受点委屈还会掉眼泪,现在也习惯了,不可以把什么都写在脸上,单位给了你工资,你就得对工作负责。所以,当主编听到她打喷嚏,走到她身边,问她身体如何,是否撑得下去时,她给了主编一个笑脸说,没关系的,稿子一定按时完成。

用了一个上午的时间,写完了稿子,选定了照片。发了个短信给鲁,问他要不要看看稿子,如果有什么问题可以指出来。鲁说好的,似乎他又变回了冷冰冰的样子了。

和编辑部主任打了声招呼,小鹿拿上社保卡就去医院了。每

次感冒,总会引发鼻炎,呼吸不畅,头都会疼,很难受,家里的鼻炎药水都用完了,药店买的又贵又不见效,还是去医院配最好。

上班时间走在大街上的感觉真好,似乎这时间是赚来的。看大街上人来人往,小鹿情不自禁会做各种猜测,他们的背后有着什么样的故事呢? 看到个子高的男生身旁站着娇小的女生,很不协调的感觉,不过想想自己和徐嘉铭站在一起也是这样的效果,就有点汗颜了,幸好两人多半都是坐着吃饭。其实,每次和徐嘉铭在一起,小鹿都是心慌慌的,害怕他会提及高三那年的那张卡片。希望他忘记了,希望他压根就没看那个小说的内容,要不然,多尴尬啊,他会不会还以为小鹿暗恋着他呢?

来到医院,本以为不是双休日,人会少一点,却没想到光是挂号就等了很久。

拿了号,上楼梯,收到徐嘉铭的短信:周五晚上有空吗? 一起去看演唱会。

"如果我病好起来的话,就去看。"小鹿回复。

刚上了两级台阶,徐嘉铭的电话立马报到了。

"怎么了? 生病了?"温柔的男中音。

"感冒了,估计要难受几天。"

"多喝开水,按时吃药,注意休息,快点好起来。"

"嗯,好的,不说了,我去看医生了,我挂了。"走到内科房间

的小鹿挂了电话。

　　配了药，赶紧喷了几下，鼻子通畅多了，趁精神还不错，就去医院附近的商场逛了逛，试了几双高跟鞋。说实话，还是最喜欢球鞋和休闲鞋，走那么多路，鞋子舒服最重要，但谁让自己那么矮呢？因为个子的问题，小鹿还和妈妈争吵过，她质问妈妈，当初为什么非要嫁给爸爸呢，爸爸个子不高，而且还结过婚。妈妈哭笑不得，说，要是不和爸爸结婚，那生出来的孩子就不是她啦。小鹿也清楚自己是在无理取闹，可每每看见高个子女生，都有很多羡慕加一点点妒嫉。

　　试了一下，感觉都不怎么样，什么都没买，又回办公室了。

　　打开电脑，登陆了 msn。徐嘉铭问，情况如何。小鹿告诉他，应该没什么大碍，过两天就会好的，问他是谁的演唱会。徐嘉铭说是孙楠的，票子是他妈妈单位发的，虽然知道小鹿不是很喜欢孙楠，但听现场的感觉还是很 high 的，所以想和她一起去。小鹿说好的，现在才星期二，估计到星期五晚上应该好得差不多了。然后徐嘉铭就下线了。

　　关了显示器，趴在桌子上休息了一会儿，收到鲁的短信，说文章写得很好，夸她有文采，杂志出来记得给他多寄几份，还说改天要请她吃饭。小鹿很开心，嘴角开始弯弯，能收到采访对象这样的称赞，当然要心花怒放啦。鲁对她的态度是越来越好了，她以后和陌生人交往应该要自信起来,呵呵。

打开显示器,看到小胖子找她说话。小胖子有段时间没上网了,他说是要准备期中考试,所以要专心一点,不能再虚度光阴了。

"虚度光阴也能直升研究生?"小鹿笑话他。

"我们这里最好的人都不在国内读研的。"

"不会吧? 难道徐嘉铭在你们那儿也不算优秀的?"小鹿很吃惊。

"他? 他本来有机会出国的,后来因为一个女孩子放弃了,真傻。"

"什么?"这下,小鹿吃惊到无以复加的地步。

"说来话长,以后再说吧。对了,他最近在上海表现如何? 把你照顾得还行吧?"

"嗯。"

"我可是叮嘱过他,要好好照顾你的,看来他任务完成得不错。"

……

小鹿已经没有心思再看小胖子发过来的留言了。小鹿觉得自己越来越不了解男生了,他们把心事藏得那么好,不露痕迹。徐嘉铭为了一个女孩子放弃了出国的机会,那这个女孩子一定很出色,他一定很在乎她吧! 可是为什么从来都没有提起呢?

第五章
因为有你，所以精彩

　　我的世界从此以后多了一个你

　　每天都是一出戏

　　无论情节浪漫或多离奇

　　这主角是你

　　我的世界从此以后多了一个你

　　有时天晴有时雨

　　阴天时候我会告诉你

　　我爱你胜过彩虹的美丽

——羽·泉《彩虹》

一

等到去听演唱会那天,小鹿的感冒已经好得差不多了,就是鼻炎还未完全消退,鼻子时不时会塞住,不过只要随身带着鼻炎药水就没问题了。

徐嘉铭穿上了传说中的黑色风衣。之所以说"传说",是因为徐嘉铭多次强调,他喜欢天冷的日子,那样就可以穿上他心爱的黑风衣了,他觉得自己穿风衣的时候最帅。而小鹿恰恰和他相反,她喜欢夏天,因为夏天可以每天穿不同的漂亮裙子,颜色、款式上的变化更多,而天冷的话衣服的选择就不是那么多了。

穿上黑色风衣的徐嘉铭果然很酷,回头率很高,而站在他身旁穿着米黄色外套的小鹿很不起眼,就像一只小鸭子,经过的女生看见她,眼中都流露出一丝艳羡。如果徐嘉铭真是自己的男朋友,倒也很有面子,小鹿免不了冒出这么一个小小的虚荣的念头。

"小鹿,你应该经常来看演唱会吧?"徐嘉铭问。

"也不是,碰到喜欢的歌手来开演唱会,当然要支持一下的。"

"那你喜欢谁?"

"王菲啊,羽·泉啊什么的。你呢?"

"我喜欢 twins，你一定想不到吧？"徐嘉铭得意洋洋看着她，炫耀一下自己的"表里不一"。

"哈哈，真是看不出来，原来你喜欢小女生。"小鹿立定了看他，越来越觉得他是一个迷了，"我原本以为，你会喜欢莫文蔚啊孙燕姿啊什么的。"

"小女生可爱嘛，当然喜欢了。"徐嘉铭耸耸肩。

和他一路说着话，爬过长长的台阶，来到体育馆内，找到了相应的座位。全场观众稀稀拉拉的，上座率不高，场外还有很多黄牛在叫卖票子，最便宜的居然卖到了五块钱，小鹿真是有些同情孙楠，好歹他也是内地一线男歌手啊。

终于开场了，孙楠蹦蹦跳跳来到了舞台上，台下的观众也很配合地发出尖叫，并挥舞着荧光棒。

"哎呀，刚才光顾着说话，忘记买荧光棒了。"小鹿转过头对坐在她左手边的徐嘉铭说。

"呵呵，我早有准备。"徐嘉铭拉开他的手提包，掏出一把荧光棒，还有一盒金嗓子喉宝，"你就尽情地喊吧。"

"天哪，你太让我吃惊了。"小鹿尖叫起来，"看来我今晚要是不大声叫喊就对不起你的准备工作了。"

孙楠的歌有些熟悉，有些陌生，可总体上来说，他的表现还是很卖力的。小鹿听着全场观众的喊声，看着夜色中跳动的荧光棒,不禁想起了周。每次和周为了看演唱会都会省吃俭用好长一段时间,因为周说,既然去看了,那就买贵一点的票子,离偶像近一点。每次看完演唱会,都会激动一个星期,也会觉得自己可笑,不愿意花钱买正版唱片,却舍得花那么多钱去听一场两个多小时的演唱会。有一次听完演唱会,错过了最后一班轻轨,公交车太拥堵了挤不上,身上又没打车的钱,就一人买了一瓶矿泉水,走着回学校,一路聊天、唱歌还看天上的星星,虽然累得两腿发麻,可还是觉得好开心。只是如今……如果这个时候徐嘉铭向右看,应该能看到小鹿的左脸颊上挂着晶莹的泪珠,一颗一颗滚落下来。可是他没有看她,而是专注着舞台上的表演。小鹿掏出纸巾擦去脸上的泪痕,手机在她的口袋里拼命震动,拿出来一看,却是徐嘉铭的短信:不开心的事情就忘了吧。小鹿侧过身子看他,他还是镇定自若、不动声色的样子。

没等演唱会结束,小鹿就提议离场吧,要不然等会儿几万人拥出去,太挤了。徐嘉铭说好的,就跟着出来了。虽然提早出来了,可最后一班轻轨还是没赶上,眼睁睁看着它在眼皮底下开走。

"如果你没事,我们去茶坊坐会儿吧。"徐嘉铭说。

"嗯,好的。"小鹿不敢看他,不想让他看见自己红红的眼睛。

在附近的茶坊里,挑选了一个靠近角落的僻静地方坐下,徐嘉铭点了绿茶,小鹿要了奶茶,又要了一些薯条。

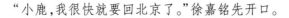

"小鹿，我很快就要回北京了。"徐嘉铭先开口。

"时间过得真快，转眼三个月就要过去了。"

看徐嘉铭吞吞吐吐的样子，似乎有话要说，却不知从何说起。最近觉得他有心事，虽然表面看起来还是很开朗，但是眼神中流露出忧郁之色。

"听说你为了一个女孩子放弃了出国？"小鹿发问，憋了几天，实在忍不住想问问。

"是呀，唉，感情的事情很烦人。"徐嘉铭喝了一大口茶，"有时候很怀念高中生活，很简单，只要学习好，就可以了。可是长大了，各种烦心的事情都来了。"

徐嘉铭说，那个女孩子是和他一个系的同学，女孩子漂亮、温柔、多才多艺，两人互有好感，却谁都没挑明。徐嘉铭承认当时自己有点自私，生怕恋爱耽误了学业，一味地享受女孩对自己的好，却不做出任何承诺。等到大四，看着其他同学都成双成对，心里羡慕极了，心想，总要在毕业前留下一点什么吧。于是大着胆子去向女孩表白，女孩同意了。女孩子家境不好，放弃了直升研究生名额，本科毕业后选择留在北京工作。徐嘉铭为了能够和她在一起，就选择了留在本校读研究生，出国的机会以后总还会有的。

"人人都以为我是一个为了事业和前途可以放弃一切的人，其实不是，我觉得感情和家庭对我来说真的很重要。"徐嘉铭说。

"那这样不是挺好的嘛,你们终于在一起了。"小鹿说。她的心里有一种莫名的失落,小小的难受逐渐蔓延开来,说不清楚究竟是什么。难道是因为徐嘉铭有了喜欢的女孩子吗?可自己爱的分明是周啊,为什么要吃徐嘉铭的醋呢?

"可是我妈妈不同意。"徐嘉铭叹了口气,"放暑假,我把她带到上海和我妈妈见了面,你不知道当时的场景有多尴尬,我妈妈一直板着脸,说话很僵硬。"

"为什么?"小鹿觉得那样优秀的女孩子应该是会很得长辈欢心的。

"因为我妈妈嫌她比我大了一岁,家境又不好。我妈妈态度很强硬,坚决不同意,她有心脏病,我根本就不敢违背她的意思。"徐嘉铭烦躁地双手插进自己的头发,"原来感情不只是两个人的事情。"

"只要你们相爱,就不该放弃,试着去说服你妈妈吧。"小鹿鼓励他,心里却有些泛酸。

"能做的努力都做了,唉。"徐嘉铭叹气,"你呢,你的感情生活怎么样?"

"我不想说。"小鹿摇摇头。和周的事情,从何说起呢?

后来,听徐嘉铭说,送小鹿回家以后,他独自去了酒吧喝酒,发泄心中的郁闷,希望借助酒精的力量来忘记那个女孩。小鹿没

有告诉他,其实那天晚上她回家后,一个人坐在漆黑的屋子里很久很久,想起他说的那句"我只好和她分开,也许以后我会和其他人结婚,但我最爱的始终是她"就会很难受,如同知道周失踪以后那样难受。

二

　　小鹿写的小说陆续发表了,读者反馈很好,这给了她很大的信心,也终于尝到了写作的乐趣。某天上班,正写着最新一期的刊首语,接到一个电话,对方自称是某出版社的编辑,姓高,问小鹿有没有写作计划,想不想出书。小鹿如实回答,说她一般都不设写作计划,出书的事情考虑过,但这需要很多积累。高编辑很热情地说,没关系,可以先见个面聊聊。于是俩人就约定了见面的时间,第二天中午,在单位附近一起吃饭。

　　和高编辑见面那天,小鹿的鼻炎又犯了,胃口不好,说话也难受,鼻孔像被堵住了一样。小鹿曾经对周说,她也许以后就鼻炎癌死掉了,痛苦程度和窒息估计差不多。周当即就骂她不许诅咒自己,如果可以,他把自己呼吸顺畅的大鼻子分一半给她。可是现在,冷暖自知,再难受也不知道该对谁撒娇。

　　那个高编辑很年轻,估计比小鹿大不了几岁。果然,他一报

上自己的全名,小鹿就轻轻地发出"哎呀"声。小鹿读中学的时候,读过他不少散文和小说呢,当时还挺崇拜他,也曾被他的小说感动过呢。小鹿这样对他讲的时候,他露出怀疑的神色:"不会吧?"

"真的!我还记得你写过的一篇小说是描写四个高中生在毕业旅行中发生的故事……"小鹿记性很好,原原本本把故事复述了一遍,听得他都有些不好意思了。

"我现在都不敢看自己以前写的东西了,觉得自己现在一点长进都没有。亏你还记得那么详细,我真是羞愧难当啊。"他感叹道。

因为有了这一层关系,小鹿先前对他的不信任感荡然无存。读高中那会儿,真的很喜欢他的文字,还想过要写信给他,希望能成为笔友呢。谁能想到,几年以后,是他先找到她了。世界太神奇了,生活充满了无数惊喜。

只是,当年他身上的那种纯粹的文学青年的气质几乎看不到了,他满嘴说的都是市场和利益,这也正常,毕竟他出来工作好几年了,怎么能奢求在他身上看到学生气呢?

"你看,你文笔那么好,能不能写点故事性强一点的小说,比如姐弟恋、兄妹恋、人鬼恋啊什么的,一定要有卖点的题材,这样才好做宣传。宣传做好了,书的销量就有保证了。"他说,"我相信你可以做到。"

"可是我不熟悉那样的生活，我不会写。"小鹿如实相告。另类的题材她怎么会写呢，她自己本身就不是一个另类的人，胡编乱造不是她的写作方式。

"你再考虑考虑。或者你先写你擅长的题材，我看看怎么包装一下，我有信心，你会红的。"他信心十足，"当然，机会也很重要。我希望你能好好把握。年轻是最大的资本啊，'出名要趁早'这话还是很有道理的。"

"说实话，我没有想过要出名什么的，我只是觉得写作能给我带来快乐，所以才写。"小鹿知道这话有些冲，别人可能不爱听，她顿了顿，又说，"你的建议我会好好考虑的。"

高编辑临走前，还要了小鹿的家里电话，说是以后多联系，有时候作者有惰性，编辑不厌其烦地催催会比较好。

回到办公室，编辑部主任叫她到主编那里去一下，还使了个眼色给她，让她有心理准备，主编的脸色看上去不那么好。

小心翼翼敲门，进了主编办公室，主编没抬头看她，说了一声："你先坐吧。"然后继续审手头的稿子。

小鹿闻到了空气中飘荡着的紧张气息，两眼环顾四周，不知道呆呆地坐在这里要等到几时，喉咙难受，也不敢大声咳出来，只好憋着。

"小鹿啊。"谢天谢地,过了几分钟,主编终于从那堆稿子里抬起头来,"我知道你在外面写了不少稿子。"

"也不多,反正我回家没事做,就写写玩玩。"小鹿低头说,像认错的孩子。她当然不能让主编知道,多数的稿子都是在上班时间完成的。

"你写的稿子我也看过一些,写得不错,其他杂志的一些朋友也跟我说起过你。"主编起身倒了一杯水,是给自己的,"但是呢,毕竟做编辑才是你的主业。主业做好了,才能去经营副业,你说对吗?"

"对啊。"小鹿点点头,她有预感,接下来主编说的话应该比较狠了。

"但是我看你最近好像本末倒置了。你发上来的稿子质量不高,而且错别字也很多,和以前比起来,我觉得你最近对工作很不上心。毕竟,你是在这里拿工资的,得为单位、为我们杂志负责,对吗?"

"嗯。"

"我其实不反对你在外面写稿子,但是要注意时间和精力上的分配啊。这期发上来的几篇稿子我都不满意,退给你,处理一下。"主编从刚才那堆稿件里抽出几篇递给她,"好了,去吧,别让我失望。"

主编这样对小鹿说话，已经算很客气了。别的同事也羡慕小鹿运气好，没怎么挨主编的骂。可是，虽然主编没有很大声地训她，小鹿的心还是被刺痛了 n 下。也许，领导不需要一个会写小说的编辑，只需要一个勤恳工作的好员工吧。

回到座位上，小鹿打了一个电话给某杂志的编辑，通知他以后不打算用真名发表小说了。然后拿起主编退回来的稿子看，觉得都不错，也不知道究竟是哪里不合主编的胃口了。她想起同事曾经说过的一句话，说是"我们的杂志编给广大的年轻人看，但说到底我们的读者只有一个，那就是主编"，就觉得颇为经典。

三

因为工作缘故，小鹿接触到了一群可爱的男孩子，他们是来上海参加一次全国性的中学生足球比赛。小鹿非常喜欢其中的两个男孩，一个是守门员，一个是前锋，一个性格内向，不会主动和陌生人打招呼，一个很活跃，你说一句，他能说十句。小鹿喜欢他们，因为在他们身上能找到自己慢慢遗落的一样名为"青春年少"的东西。性格内向的守门员就像徐嘉铭，他优秀，但是不张扬，尽管有很多人喜欢他，但他绝不主动和人搭讪。性格外向的前锋就像小胖子，能逗人乐，能活跃气氛，朋友聚会需要有这样的人存在。

小鹿越来越怀念高中时光了,那时大家单纯,尽管学业压力大,但还是找寻种种机会偷着乐,比如偷偷看电视,比如在黑板报上搞鬼,比如常拿实习老师开玩笑,比如想着法子和校长作对等等。青春年少,渐渐远离的年代,小鹿每次想起来都会涩涩的。和景说起来,她说她的高中时代是她迄今为止最辉煌的一个阶段,她是校广播站的站长,她是学生会的副主席,她是诗社的社长,她是每年的优秀学生干部,头衔多得数不过来。她还自信满满地说,估计那时暗恋她的男生也挺多的。

小鹿问徐嘉铭,高中里他暗恋哪个女生,还以为他会说些冠冕堂皇的话,说什么学习太忙没空想这些事情啦等等。结果他说他暗恋过好几个女生,有校舞蹈队的那个身材很棒的领舞的女孩子,有文学社那个披着长发具备忧郁气质的女生,还有班上一个说话轻声动不动就脸红的女孩子,总之很多,不同类型的女生都有独特魅力的地方。但那时说暗恋还不如说欣赏来得恰当,因为他没想过要和那些女生怎么样,他可能开窍比较晚。

周似乎开窍早一点。据他坦白交待,他在高中阶段,喜欢一个女生整整三年,还有过暧昧的交往,比如有时放学一起回家啦,一起为班级活动出谋划策啦,一起去补课啦等等。本来是很好的气氛,两人坐在学校的大草坪上,回忆往事。可是周那么甜蜜地回味着和这个女孩子在一起的每一个细节，小鹿听得火冒三丈，醋劲大发，问他既然这样，那干嘛不和她在一起呢。周连忙解释说，当时只是有好感，并不是真正的爱啦。可小鹿不依不饶，既然周记得那么清楚，就说明对那个女孩子肯定刻骨铭心，难以忘怀，说不定现在还挂念她呢。周好说歹说，就差跪着求饶了，到最后还是不欢而散。后来，这件事就成了小鹿心中的一根刺，每次想起来都会隐隐作痛，都会借题发挥，和周大吵一架。周发誓说他真正爱的只有小鹿，年少时的感情怎么能当真呢？

　　年少时的感情真的不能当真吗？小鹿对周隐瞒了自己暗恋徐嘉铭的事情，她承认自己有点自私，一方面是不想让周吃醋，另一方面她觉得这是她的小秘密，属于过去的小秘密，她可以独自回忆，没必要再拿出来说。其实，每个阶段都会有一些暗恋的人，小鹿有一个阶段特别迷恋黄磊，很想为了他考到北京电影学院，因为他在那里当老师，走在校园里，应该能有机会和他碰面，要是能成为朋友那就更好。但后来，这种迷恋的感觉就不那么强烈了，因为小鹿的人生轨迹注定了她不可能和北京电影学院有交集，那只是年少时的梦想而已。后来看见黄磊渐渐发福，看他和相恋多年的女友结婚，小鹿真心祝福他们，虽然黄磊并不知道小鹿的心思，可那又怎样，喜欢他远远地看着就好了。还有很多曾经暗恋过的人都随风飘散了，不记得模样了，唯独徐嘉铭却走进

了她的生活。这是她万万没有料到的。

"你记得我高中时的模样吗?"小鹿问他。

"好像没什么印象,对不起啊。"徐嘉铭不好意思地如实回答,"你那时并不张扬,对吗?"

"我现在也不张扬啊。你不记得我是正常的,幸亏你不记得,你不知道我当时有多胖哦,发育过剩,根本没法看。"小鹿庆幸。

"是吗? 女大十八变嘛。我怎么就没变得更帅一点呢?"

"那是因为你没有变帅的余地啦,你高中时就已经很帅了,不知道有多少女生暗恋你呢。"小鹿心里算了算,数量众多,估计全年级至少有一半的女生都对他有好感。

"是吗? 怎么没人告诉我? 那其中有你吗?"徐嘉铭半开玩笑。

"说了是暗恋,怎么会有人告诉你呢,我当时好崇拜你啊。你是我的偶像,不骗你。"

"看来能量守恒这个定律是真理,我那时把女生缘都用光了,到了大学就一般般啦。"徐嘉铭流露出小小的沮丧。

"谁让你去那种大学呢? 来我们学校的话肯定更受欢迎。"小鹿说完就后悔了,徐嘉铭这样的人眼光那么高,怎么会喜欢她的学校呢。

徐嘉铭呵呵笑了几声作为结束，暗恋的话题也就就此打住。小鹿很担心徐嘉铭知道她曾经暗恋过他，那样交往起来会不会很尴尬呢？

四

妈妈打电话给小鹿，说是小臭屁的一周岁生日到了，到时候在酒店里请客，让小鹿早点去，招呼一下客人。

小鹿很害怕经历这样的场合，因为亲戚们都到齐了，肯定会说起要为小鹿介绍男朋友的事情。他们叽叽喳喳，问小鹿喜欢什么样的男孩子啦，工作、学历、身高、收入、家庭背景等等，一一都要问，却唯独忘了问关乎人品和性格的问题，也许在他们看来，这不重要，重要的只是外在的条件。俗气，小鹿在心里这样评价他们。可渐渐的，她也习惯了。工作之后，谈论很多的话题是结婚，而不是爱情。介绍两个人认识，只是为了看看是否适合结婚，而不是看有没有碰撞出爱情的火花。小鹿害怕这样，怎么能保证自己一定会喜欢上一个样样和自己很匹配的男生呢？亲戚们抢着要给小鹿介绍男朋友，甚至还威逼利诱她去相亲，小鹿一一谢绝，理由是自己还没有思想准备。如果真去相亲了，那就变成敷衍他们了，而且万一回绝了人家男孩子，亲戚们又要说她眼界高了。

　　果然,这次一见到姨妈和姑姑,她们就握着她的手问长问短,如果不是小臭屁哭了,大家还会继续把注意力放在她身上呢。

　　小臭屁长得浓眉大眼,很可爱,谁见了都想抱抱,不过他只认奶奶和外婆。小鹿看见哥哥很起劲地拿着 DV 拍摄,而大嫂只是坐在一旁和自己的朋友聊天。小鹿有些可怜哥哥。哥哥一直按照爸妈的意思生活,读书、工作、结婚,他都很顺从地听从爸妈的意见,而爸妈的意见多半也就是妈妈的意思。也不能说大嫂不好,只是她年纪还不大,很爱玩,自己都还是个孩子,需要哥哥照顾,更别说让她照顾哥哥和小臭屁了。哥哥会不会觉得活着有点累呢?

　　这样想着,小鹿倒了一杯水走到哥哥身边递给他。

　　"怎么不带男朋友一起过来?"哥哥喝了一口水,放下手中的DV 问她。

　　"我没男朋友。"

　　"你骗得了爸妈,却骗不了我。我上次看到你和一个个子很高的男孩子去看演唱会了。"哥哥挤眉弄眼,好像掌握了小鹿很多秘密一样。

　　"你怎么看见我了? 难道你也去了?"

　　"呵呵,你别掩饰了,我继续拍小臭屁了,今天他可是主角,不和你聊了。"哥哥说完就走了,也没回答小鹿的问题。

在外人看来，小鹿和徐嘉铭像男女朋友吗？其实，徐嘉铭有着深爱一辈子的人，而小鹿，也有着继续等待的人。他们相遇，就像两个受了伤的夜行人，靠在一起只是为了取暖，仅此而已。

回去后，打开 msn，看见小胖子还活跃着，就和他打了声招呼，说起今天的事，说起今天晚上亲戚们又逼着她去相亲的事。

"哈哈，那你去了吗？"

"当然没有，多傻。"

"就是，别去，千万别去！"小胖子还附赠无数个惊叹号。

"为什么啊？"

"不为什么。不过你这样的年纪是该找个男朋友了哦。"

"是呀。有好的可以介绍给我。"

"你不是不喜欢相亲吗？"

"先搜集资料啊，再比较一下，看看和哪个人见面比较合适，有的放矢嘛。"

"哦，那你考虑一下我吧，我很苦闷哪。"小胖子添加了一个红脸的不好意思的表情。

"不和你开玩笑了，我去睡觉了。"

没等小胖子回复，小鹿就去睡觉了。和徐嘉铭聊天，小鹿可不敢这样做，总是要确定了两人都说完再见才关机，可是和小胖子，她可以放肆，她可以不顾及他的想法，难道是因为自己在乎徐嘉铭吗？

小鹿一直觉得，小胖子和她说的那些话多半是开玩笑，可徐嘉铭却告诉她，小胖子是认真的，吓了小鹿一大跳。

"小鹿，小胖子是蛮喜欢你的，他把你贴在校友录上的照片存在电脑里，时不时打开看看，不过他脸皮薄，一直不敢对你有所表示，这次我回上海，他千叮咛万嘱咐，让我好好照顾你，适当的时候撮合你们一下。"

"那么，你照顾我只是因为他的缘故吗？"小鹿的心凉了半截。

"呵呵，不把你照顾好，我回去怎么向他交待。"

徐嘉铭又说了很多，关于小胖子的，说他这好那好，小鹿一句都没听进去。她反复回忆，她和徐嘉铭在一起的每个细节，原来，这一切都只是因为徐嘉铭想撮合小鹿。那么，徐嘉铭会把他们两人相处的细枝末节都向小胖子汇报吗？小鹿有上当受骗的感觉，也觉得恶心，就像吃饭的时候突然吃到半条虫子那样恶心。

徐嘉铭是在临走前一天对小鹿说明这一切的。小鹿当时还准备了一份小礼物准备送给他，是一只长腿的咕噜熊，外形上看，和徐嘉铭颇有几分相似，小鹿当时看到了，就马上买下来准备送给徐嘉铭了。听完徐嘉铭的那番话，礼物就没好意思拿出来。

徐嘉铭走的那天，小鹿没去送他，上班时间不好溜出来，况且作为一个普通朋友,似乎没必要那么殷勤地一大早跑去机场送他吧!

虽然没去送他,小鹿眼睛却一直盯着电脑屏幕的右下方的时间那一栏,看是几点了,徐嘉铭的飞机起飞了没有。

"小鹿,昨晚我把你的小说看完了。"徐嘉铭在飞机即将起飞前,发了短消息给她。

是哪篇小说呢? 难道就是之前他说起过的那本他表妹的杂志上的小说? 噢,天哪,他会想到什么呢? 他一定以为自己暗恋他吧? 他会告诉小胖子吗? 小鹿没有勇气继续想下去。

第六章
突然想爱你

从来没有留给你任何位子

在我的心里

其实我生命中一直有座电影院

放映着我的心情我的梦我的渴望

拥有入场券的人

有的是我的亲人

我的朋友

或者陌生人

——许如芸《突然想爱你》

一

徐嘉铭回到北京以后,和小鹿的联系就少了,他很少上网,发短信也只是转发一条条好玩的信息。也许,他对小鹿,真的只是为了完成小胖子的嘱托吧。可是小鹿必须承认,她对徐嘉铭已经产生了某种依恋的情愫,她很想和他一起吃饭、一起逛街、一起聊天、一起看电影。和他在一起度过的日子很平静很安详,不会吵架、不会有分歧,小鹿很喜欢也习惯了目前这样的状态,习惯了他们之间的默契,可是徐嘉铭却又离开了。

于是,日子又变得无聊而空洞起来。高编辑的电话打得很勤快,无非就是催促小鹿快点动笔,尽快写一个长篇小说出来。本来还想拒绝他,可是他的电话那么频繁,口气又是那么诚恳,拒绝的话无论如何都说不出口,小鹿天生就不懂得拒绝,最多就是逃避,可逃避终究不是解决问题的方法。禁不住他的磨人功夫,小鹿答应了下来,但是小说质量到底如何,她就不敢保证了,毕竟自己第一次尝试写长篇,更何况,高编辑是想做畅销书,小鹿更是不敢担保了。反正先写写看吧,就当是挑战自己,也当是送给自己的一份青春纪念品,小说,肯定和大学和青春和爱情有关。

开始写小说以后,小鹿几乎进入了一个闭关状态。白天上

班，晚上在外面吃完晚饭后就把自己关在房间里对着电脑拼命码字。虽然没有列详细的写作提纲，可小说的开头还算顺利，就是一直对着电脑，眼睛干涩，身体也僵硬。写到凌晨，累了，去厨房间洗把脸清醒一下，听到隔壁房间里，似乎李曼和她男朋友在吵架。虽然他们压低了声音，可听得出来，李曼的口气很凶。

李曼不止一次在小鹿面前说她男朋友的不是，说他笨、说他没出息、说自己瞎了眼才跟他。小鹿每次听了都笑笑不说话。别人的男朋友，自己有什么发言权呢？要真是说他不好，那李曼日后肯定记在心里；如果说他好，小鹿迄今为止还真没觉得他哪里好，违心的话她又不愿意说。小鹿只是不明白，既然李曼对男朋友有那么多不满，为什么至今还和他在一起呢？既然在一起了，又何必那么苛责他呢？吵架是伤筋动骨的事情，可他们却乐此不疲，几乎天天上演。也许，在他们的感情世界中，吵架也算是一味调料吧。

也许是李曼骂得太过火了，小鹿去卫生间挂毛巾时，听到她男朋友气呼呼地开门走了，关门的时候把铁门弄得震天响，也不怕隔壁邻居来投诉。小鹿乖乖地进自己房间的一瞬间，瞥见了正打算关门的李曼铁青的脸上还挂着泪珠。这是小鹿第一次看见李曼哭，在她印象中，李曼一直都是处于上风的，怎么也会哭？本想安慰她几句，可一想，这是人家感情上的事，肯定不愿意别人插

足,于是作罢。

到了半夜,小鹿睡得正香,突然听到有人拼命敲门,还伴着用脚踢防盗门的声音,刚开始还以为是隔壁人家忘了带钥匙,可迷迷糊糊间听到有人喊"李曼,李曼"的名字。那就让李曼去开门吧,可迟迟不见隔壁有动静,无奈,小鹿只好理了理蓬乱的头发,披了一件外套走出房间,敲敲李曼的房门,没动静,小鹿打开门,隔着防盗门看见李曼的男朋友满头大汗站在外面,一脸焦急:"快开门,让我进去,李曼服了安眠药,我要送她去医院。"

这话把小鹿的睡意全赶跑了,赶紧开了门让他进来,然后又看着他怀抱披散着头发、穿着睡衣的沉睡的李曼往外跑。等听不到他的脚步声了,小鹿才把两扇门都关上。没想到李曼的性格这样偏执,和男朋友吵架还会吃安眠药,她一定不是真的想死,否则为什么还要打电话给他呢? 只是为了吓唬他吗? 景曾经说过,女孩子爱起来很疯狂,果真是如此。但是,小鹿还是为李曼祈祷,希望她没事。

被他们这么一折腾,小鹿躺在床上翻来覆去睡不着,索性就起床开了电脑继续写小说,顺便也登录了 msn,看哪个夜猫子还在线。出乎意料,居然是许久没有露面的徐嘉铭一个人在线。

"这么晚还上线?"徐嘉铭先和小鹿打招呼。

"睡不着,就起床写小说了,你呢?"

"噢，我也睡不着，心烦，今天见到她了，可她说让我以后别再找她了。"

"原来是这样。"

徐嘉铭说他心里其实很痛苦，可是不知道该怎么化解，又不能向女孩子那样到处倾诉或者痛哭一场，埋在心里快把他憋坏了。因为觉得小鹿知心，所以才会打开心扉，告知自己的心事，希望小鹿不会笑话他。

"怎么会呢？只是我帮不上你什么忙，很内疚。"小鹿说。

"能对着你说出来我心里好受多了，真的，下次回上海，请你吃大餐。"

"好的，我记住了。大餐的范围由我来界定哦。"

"那当然。"徐嘉铭很爽快。

说实话，小鹿倒是很羡慕那个女孩，虽然不能和自己的爱人在一起，却被人这样爱着，应该也算是人生的一笔财富吧。不知道，这个世界上会有谁来这样爱着自己呢？

一边和徐嘉铭聊天，一边写小说，写着写着天就亮了，小鹿的倦意上来了，又上床睡了一会儿才去上班。

徐嘉铭知道小鹿每天晚上都会写作到深夜，于是就每天开着msn陪着小鹿，在她写累的时候陪她说说话。他说他是把小鹿当知己了，因为他把自己的秘密和盘托出了。他的情绪每次都会因

为那个女孩子而突变,比如听到她去相亲了,感觉到她对自己不耐烦了,他就会变得很忧郁。

"小鹿,我真的很想照顾她,希望能成为她最好最好的朋友,可是她似乎不愿意,她说伤透了心,再也不想看到我了。我该怎么办呢?"

"那就顺其自然吧。"小鹿说,"分手了,或许真的不可以再做朋友了。"

每次听到他温情地说起那个女孩子,小鹿的心就像被大头针轻轻扎了一下,虽然没有流血,可是会有隐隐作痛的感觉。在徐嘉铭面前,小鹿还是表现得很大方,为他分析女孩子的心理,教他怎样讨女孩子欢心。

"小鹿,你应该找个男朋友了。"徐嘉铭每次说完自己的事,都会来上这么一句,"考虑一下小胖子吧。"

本来,小鹿并不讨厌小胖子,可是经徐嘉铭这么反复说,她开始反感了。

"男人别那么八卦好不好?"

"八卦的细胞每个人都有那么一点的啦,我只是关心你一下。"

"如果我真的和小胖子交往了,你是不是很开心?"

"那当然啦,你们都是我的好朋友嘛。"徐嘉铭发了一个咧嘴

的笑脸。

小鹿一时无语，借口要写小说就下线了。

二

写了几个星期，小鹿这才发现，原来写小说写到最后就变成了体力活，每天坐在电脑前，不断把虚幻的情节化作文字，竟然也非常消耗人的体力。写了三分之一，小鹿看到文字就想吐，再也没力气构思接下来的情节了，索性就停一停，约了景去做头发。

景这么多年来，发型都没有改变过，一直就是短短的学生头，不烫不染，素面朝天。小鹿原本猜测，要说服这个固执的家伙改变造型必须得费很多口舌，可是景的反应却让小鹿吃惊不小。景说好的，那就去做头发吧，她很早就想去做挑染了。果然，恋爱中的女人比较臭美。

小鹿有一张美发店的贵宾卡，每次消费可以打五折，就拖着景去了那家店。给景染发的是一个不苟言笑的酷酷的发型师，给小鹿剪头发的是一个看上去还很稚嫩的发型师，长得还挺帅的，很像大学同学"摔锅"。"摔锅"是"帅哥"的谐音，他是中文系为数不多的帅哥之一，很得女生喜爱，只是临到最后，拍毕业照那会儿，大家突然发现，"摔锅"长开了，长胖了，没有原先那么好看

了,让无数人为之扼腕叹息啊!

"你看,他像不像早期的'摔锅'?"小鹿悄悄问坐在隔壁的景。

"像极啦。不知道那些男生现在混得怎么样了,很久没有他们的消息了,校友录上也一直没更新。"景叹了口气,"毕业的时候还约定了经常搞聚会,现在怎么都没人提起了呢?"

"大家都忙呀,只有你们这些读研的人最轻松。"小鹿感叹,"工作之后,身不由己,时间不够用啊。"

"我才不轻松呢,我都长白头发了,读研太辛苦了,尤其是这个专业。"

听小鹿和景在热烈讨论着,酷似'摔锅'的理发师忍不住插话:"你们都已经是研究生啦,真没看出来呢。"

"呵呵,我们都是你的姐姐。"景说。景看他,最多也就 22 岁的样子。

"瞎说,看着都比我小呢。"理发师说,"我这个人显得成熟。"

小鹿和景对望了一眼,噗哧笑出了声。年轻的时候总以为自己很成熟,等到真的该成熟了,却又想回到幼稚的状态。小鹿和景就是这样,她们现在特希望别人能把她们当小孩看,可是别人偏偏用对待大人的标准来要求她们。当然,这不能怪别人,毕竟她们都大学本科毕业了,年纪确实不小了,只是心智还未成熟而已。

　　小鹿就是把头发剪短了些，又做了一下护理，基本没改变。景的最终样子倒是让小鹿吓了一大跳，她嘴巴张得老大老大的："景，你这样真漂亮。"景羞涩地笑了，却也得意地对着镜子左看右看。

　　景的一头短发挑染成了酒红色，又烫了个小卷，有点像秀兰·邓波儿呢。原来以为，理发师怂恿景做这样的改变只是为了赚她钱，现在看来人家确实有眼光。

　　"你要不要也尝试一下?"帅哥理发师问小鹿。

　　"下次吧，呵呵。"小鹿笑着对他说，越看他越觉得他像大一时候的"摔锅"。就因为这，小鹿决定以后常来光顾，哈哈。

　　兴高采烈从美发店出来，景说要请小鹿吃火锅，因为刚才做头发的几百元钱是从小鹿的卡上扣除的，景过意不去。

　　和景坐在小美羊火锅店，想起以前偷偷把电热锅带到宿舍煮贡丸和羊肉吃，当时觉得真是美味啊。因为冒着被宿管科阿姨抓到的风险，每次都像做贼一样，可是因为刺激，吃起来就更爽了。当然，电热锅被没收了好几个，检讨书也写过很多遍，从此在阿姨那里留下了案底，被当作惯犯一样来提防，想想真的可笑。

　　"小鹿，我老想起以前的日子，无忧无虑，多开心。"景说。

　　"是呀，不过人不能总回头看，还是得朝前看啊，说不定未来

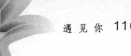

更好呢。"小鹿捞起一筷金针菇,这是她每次吃火锅都必点的菜。

"未来,我都不敢想。"景咬了一口香菇,"小鹿,我一直在问自己,是不是真的喜欢越,是不是真的愿意等他20年。"

"对了,还没问你,你和他怎么样了?还是这样拖着?"

"嗯,最近见面少了,每次他都只能趁午饭时间溜出来一会儿见我,他现在是和女朋友同居,彻底没人身自由了。"景说到这,放下了筷子,托着下巴发呆。

"天哪,那你们这样的关系也太奇怪了,景,应该尽早做个了断。"说到他,小鹿就来气,一边和自己的女朋友同居,一边和另外一个女孩子交往,这种男人简直无耻到极点了。

"他向我保证他不会碰他女朋友,可是一想到他们两个人在同一屋檐下做些亲密举动,我就会气得抓狂,我就会找各种借口和他吵架,再这样下去我觉得我要疯了,小鹿,说不定你下次要去精神病医院和我见面吃东西了。"景抓起小鹿的手,她的手冰凉冰凉的,她的心底一定也是如此冰凉吧。

"别瞎说。"小鹿夹了一个贡丸塞到她嘴里,"你会没事的,也许过了这个热恋的阶段,你会变得理智,你会正确处理好你们之间的关系。"

"但愿吧。"景又皱眉了。

"对了,李曼居然玩自杀的游戏,和男朋友吵架也不至于到这种地步啊。"小鹿想起那天晚上的事情,忍不住告诉景,"不过,你可别说出去哦。"

"还是原来那个吗?"

"那当然啦。"

"她在学校的时候不就天天和男朋友闹分手吗?"景很天真,把李曼的那些话都当真了。

"谁知道啊,他们每天如胶似漆,怎么分得了呢?"

"那就好好过日子呗,自杀的游戏是能随便玩的吗?"景做出不解的表情。

"就是啊,干嘛和自己的生命过不去呢。"

"对嘛,感情有什么大不了的。"

说别人的事情总是轻松,可是轮到自己,估计也会不知所措吧?

三

徐嘉铭好像几天都没消息了。不给小鹿发短信,在网上也遇不到他,只看见他的 msn 登陆名称改成了"有一点受伤",小鹿有些担心,他会不会出事了? 于是打了一个电话给他,听到他的声音在电话那头响起,小鹿就放心了。不过听得出来,他似乎精神不大好。

"怎么了,生病了?"小鹿试探性地问。

"呵呵,其实就是受了一点伤。"徐嘉铭还表现得有些不好意思,"是不是小胖子跟你说什么了?"

"没有,我最近没和他联系,你到底怎么了?"小鹿被他这么一说,更担心了。

"因为很久没有打篮球了,所以一回到学校就拉着同学打,天天打,结果不小心扭伤了脚。现在躺在宿舍休息呢,饭菜什么的都是让室友帮忙买进来的。"徐嘉铭装作无所谓的样子,"现在每天都有人伺候我,这样的日子好难得啊。"

"那一定很痛吧?"小鹿最怕听到人家受伤的消息,因为她总是会设身处地想,想像如果是自己受了这样的伤或者得了这样的病该怎么办,越想越觉得真,越想越觉得痛。周就说中文系的女生想象力太丰富了未必是好事哦。

"这点痛算什么,小意思啦。"徐嘉铭轻描淡写,"很快就能生龙活虎,再上篮球场啦,最近只能躺在宿舍里,手痒啊。"

"你就给我安分一点吧,你受伤了你妈妈该多担心啊。篮球嘛,打着玩玩就好了,干嘛这么拼命呢。"其实小鹿想说的是她很担心,但又说不出口,似乎太暧昧了。

"好啦,知道啦,我以后会小心的,拜托你别像我老妈那样啰嗦啦。"徐嘉铭告饶，"好了，挂了啊，我室友给我送饭来了。"

挂了电话，小鹿还是不放心，见不到他的面，还不知道他说的是真是假，也不知他伤得到底有多严重。于是发了短信问小胖子。小胖子马上就来了电话。小胖子的话听得小鹿心惊肉跳，说徐嘉铭右腿骨折了，当时和别人抢一个篮板球冲撞得太猛，他倒在地上的时候冷汗直冒啊，却不喊一声疼，也真够难为他的了。他现在根本就不在宿舍，穿着病号服躺在医院的床上呢，医生说得好好养，就算好了，在近几个月内也不能做剧烈运动。小胖子末了还说徐嘉铭有时就是太认真、太好胜了，其实不过是玩玩嘛，现在倒好，伤得这么重。导师都对他有意见，说他是在玩的时候受伤的，不算工伤，实验室人手紧，他偏偏就在这个时候倒下了。估计在上海呆了几个月，手痒得不行，技术却退步了的缘故吧。

听了小胖子的话，小鹿觉得自己也跟着疼起来了，似乎能听到"喀嚓"骨头断裂的声音。该有多疼啊，那么高大的一个人摔下来当时场面一定很壮观。而且，男生又不哭，强忍着，该多难受啊。

小鹿没有拆穿徐嘉铭的谎言，她知道男生爱面子，特别爱在女生面前逞强，哪怕再疼肯定也不吭声。既然这样，就保全他威猛的男子汉形象吧，自己就装作不知真相吧。

小鹿下了班去商场逛逛，看看有什么可以买给徐嘉铭的。他现在躺在病床上一定够无聊的。买了一个软软的大大的维尼小熊靠垫,他躺着看书或看电视的时候可以垫垫背舒服一点。买了《数字城堡》、《达·芬奇密码》等几本悬疑推理的书籍,男生都爱看。买了些维生素片,让他每天补充营养。又买了一个小小的祈求平安的符和一张卡片,在卡片上写上了"祝福安康"的字样,还想多写一点,可害怕被他嘲笑像中年妇女一样啰嗦就作罢了。

第二天早晨叫了快递,收件人名字写的是小胖子,让小胖子带给徐嘉铭。小胖子开玩笑说,早知有这样的待遇,他希望骨折的那个人是自己呢。徐嘉铭收到东西后给小鹿发了短信说谢谢,其实又不是什么大病,没必要这样郑重其事。他又说,其实他最想看的书是小鹿写的,要是能把他塑造成又帅又痴情的男主人公的话,他一定包销1000本。到了这份上,他还有心情贫嘴,他还以为小鹿不知道呢。

小鹿也情愿什么都不知道,这样就不用为他担心了。担心他,却不能照顾他,这滋味很煎熬。上班的时候总会走神,想着他应该好点了吧,他会不会无聊。以前周打篮球也受伤过,不过只是右手小拇指轻微骨折,小鹿当时哭得稀里哗啦,好像受伤的是她自己,一见这架式,周只好举手投降,说以后尽量不碰篮球,要锻炼的话就去和小鹿打羽毛球好了。不过男人的话不可以轻信,后来周还是去打篮球,只不过不让小鹿知道罢了。如果小鹿见着徐嘉铭右腿绑了石膏的模样，没准也会哭出来。

　　小鹿正发呆呢。主编喊她过去，说要写年终总结，马上写，下午就要讨论的。还有好些天才过年呢，现在就写，怪怪的，不过主编做事情喜欢预留提前量，慢慢习惯就好了。这是小鹿的第一份工作总结，还真不知道该怎么写呢。于是去向资历深的同事请教，同事教她，尽量把自己好的一方面写出来，越详细越好，至于缺点嘛，当然要写，只要一笔带过就好了。小鹿听了，深受启发，估计以后她也会这样教新来的人吧。同事很省心，把去年的工作总结从文档里拉出来，稍微改了几笔就 OK 了。小鹿没有任何参照的范本，只好老老实实坐在办公桌前写，主编规定要手写，真够累人的，早就习惯了电脑，现在手写反而觉得别扭，很多字居然都不会写了。

　　到了下午开年度总结会的时候，小鹿不得不感叹，自己确实资历尚浅。那些同事可真会炫耀自己，芝麻大的事情都拿出来写，把自己夸得天花乱坠，就连写缺点也是变着法子在显摆自己。小鹿想，他们怎么就不脸红呢，她听了都觉得害臊。小鹿的总结写得中规中矩、有一说一，而主编最后给她的评价就是"作为一个新人，还是合格的"，又对她提出要求，希望到了新的一年，小鹿能用更高的标准衡量自己。

　　新的一年，小鹿还会在这里吗？ 有时觉得那些一辈子呆在一个单位的人真没劲,没有变化的人生多乏味啊!可小鹿似乎看见了 20 年后的自己还坐在这个座位做工作总结,天哪,真不敢想会是这样。

四

圣诞节到了,大街上、单位里都洋溢着欢乐的气氛。这个外来的节日越来越受宠了。商场、饭店、花店的老板都很精明地搞起了促销活动,借机赚一笔,不过大家还是很乐意掏钱包,毕竟是过节嘛,当然要花钱犒劳自己了。小鹿形单影只,每当这个时候,就觉得节日对于单身的人来说,是那么多余。

徐嘉铭先前问小鹿,圣诞节有什么安排,小鹿说孤家寡人一个,就当是一个平常的日子过吧。徐嘉铭说他也是一个人,每年的圣诞节他都是在实验室里度过的,早已经习惯了。他又说,小胖子和他一样,今年又在那里嚷嚷着苦闷了。

圣诞节早上去上班,收到一个包裹。一看,是徐嘉铭寄来的,据说是托小胖子买的。包裹就像个食品柜,装满了好吃的东西,有奶糖,有牛肉干,有彩虹棒棒糖,有巧克力,有葡萄干等等,每一样都是小鹿喜欢吃的。包裹里还有一张纸条:圣诞快乐,比我快乐。徐嘉铭的字迹很大气。

抑制不住的快乐，随即就打了电话给徐嘉铭，道声谢谢。

"呵呵，不用谢。我给她准备了一份，想到你一个人怪可怜的，就多准备了一份。"徐嘉铭笑呵呵说。

"噢，是吗，不管怎么样，还是谢谢你。"小鹿的快乐已经打了五折。

"唉，不过送给她的那份被退回来了。"徐嘉铭掩饰不住的落寞，"蛮受打击的。"

听他这么一说，小鹿的快乐就打了三折。拿着包裹，把零食派发给同事，同事笑着说，要是小鹿戴上帽子，还真像圣诞老人呢。小鹿今天穿的是红色大衣，和周一起去买的，穿了好几年了还很新。以前可都是周充当圣诞老人，专门给她派发礼物的呢。而且为了堵住室友的嘴，还必须得派发礼物给她们，要不然她们就要挟周，说把门锁上，不让小鹿和他出去约会。周很无奈，说怎么谈个恋爱还得摆平这么多人啊，不过还是屁颠屁颠把礼物奉上。

当时的一切都历历在目，只是今年，没了期待，也就没有了过节的心情。

一整天就听同事们议论着今天晚上去哪里玩，小鹿不敢插嘴，怕别人问起来，自己不好圆谎，周出走的事情单位里的人都不知道。这是隐私，小鹿不想张扬，况且事情太离奇，说出来也没

人信。

主编心情很好,说让大家早点下班,赶紧去约会。大家大喊一声"主编万岁"然后迅速离场。小鹿不情不愿地离开办公室,一个人走在街上,看到喜笑颜开的人们,更映衬出自己的孤单了。唉,还是早点回去吧,继续写小说。她庆幸自己挖掘出了写作才能,因为在孤单寂寞的时候,写作是她最好的精神寄托。

也许是回家早了,李曼和她男朋友还没有出门,难道他们就在家里过节吗?真没劲,他们老喜欢腻在家里,她男朋友又像口香糖一样始终粘牢她,让小鹿觉得别扭,明明是两个人租的房子,却从一开始就是三人行,而且李曼也没和小鹿打过招呼,心安理得地过着甜蜜的日子。平常倒也算了,可碰上小鹿心情不好,就很烦她男朋友了。

小鹿上了个厕所,正掏出钥匙打开自己的房门,李曼从她那间房里走出来喊住了小鹿:"这个月的账单来了。"

水电煤、电话费账单,是两个人平分的。景知道后说,这不公平,李曼她男朋友几乎天天在你们那,也得分担一些支出吧。小鹿也这样想,但是不敢说,也不好意思说,如果是陌生人,还能把事情都摊开了说,可是和李曼,毕竟也算是朋友,怎么可以和她算细账呢?这事,应该李曼自己提出来,然后小鹿也就顺水推舟答应下来,但李曼一直没提,小鹿很不喜欢她这种理所当然的姿态。

小鹿粗略看了一下账单，说："你算好了多少钱，我等会儿给你。"

"小鹿，这次的电话费好像比较多，你看，有60多元钱呢。"李曼从一叠账单中挑出电信账单说，"我平时不打电话的。"

"我打得也很少啊。"小鹿顺口说了这么一句。

"那么我们是不是应该打电话到电信公司查一下？"李曼没等小鹿反应过来，就让她男朋友打了电话过去。不过电信公司说打的都是市内电话，没法给出明细表。

"你看，这怎么办呢？"李曼靠在门上冷冰冰说，"60多元钱呢。"

"那我付好了。不就是60多元钱嘛。"小鹿火了，一把拿过电话账单进门。

等了一会儿，李曼又来敲门，递给小鹿20元钱说："电话费我就付20吧。"

她装出很大方的样子，让小鹿更觉得可气。小鹿当时气得真想骂人，只是一下子找不到合适的字眼。平常他们在这里每天做饭、洗澡、洗衣服，用掉多少煤气、水和电啊，小鹿什么都没说，都是和她平摊的，况且，家里平白无故每天都有男人出现，占用公共空间，却一毛不拔，还理直气壮，要知道，这对小鹿来说是多么不公平啊，小鹿也只是看在同学的面子上忍气吞声。却没想到，为

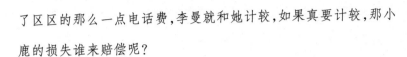

了区区的那么一点电话费,李曼就和她计较,如果真要计较,那小鹿的损失谁来赔偿呢?

实在气不过,就给景打了一个电话,向她诉苦。

"算了,别为钱的事情不开心了,等到租房合约满了,你就搬出来一个人住吧,要么你住回家也行,可以省不少钱呢。"景安慰她。

"你在干什么呢?"小鹿稳定了一下情绪问她,"没有和他出去吗?"

"我在宿舍上网查资料呢,在等他的电话,好了,不说了,电话可能要进来了。"没等小鹿说再见呢,景就把电话挂了。

"真是个重色轻友的家伙。"小鹿对着话筒嘟哝了一句。

好一个凄凉的圣诞节啊,非但一个人过,还受那么多气。坐在床上看了一会儿电视,听到李曼他们出去了,小鹿走到厨房,给自己煮方便面吃。她长这么大,只会煮方便面,想想也真是可悲,幸亏没生在古代,要不然嫁了人说不定会被休掉。不过再想,真要生在古代,那学业上就没那么大压力了,可以腾出很多时间来学习刺绣啊、做饭啊、琴棋书画啊,估计也能成为一名合格的淑女了。就在胡思乱想间,泡面煮好了。

端着热气腾腾的泡面进房间,厨房、卫生间的灯都打开着,小鹿小家子气地想,哼,我一个人也要尽情用电,可是又一想,再怎么用都抵不过他们两人用啊,心里又开始郁闷。

正打算吃呢,听到有人敲门,会是谁呢? 唉,一个人在家吃泡面过圣诞节,够凄凉的,难道还非得有人来见证这凄凉一刻吗?

小鹿嘟着嘴去开门,看见门外那个人,她的脸因为吃惊而急剧变形,她的嘴巴成了零形。

她不顾形象尖叫起来:"周,是你吗? 你怎么回来了?!"

站在门口的就是她朝思暮想的失踪了五个月的周。

第七章
遗失的美好

我始终带着你爱的微笑

一路上寻找我遗失的美好

不小心当泪滑过嘴角

就用你握过的手抹掉

再多的风景也从不停靠

只一心寻找我遗失的美好

有的人说不清哪里好

但就是谁都替代不了

——张韶涵《遗失的美好》

一

周虽然回来了,可早已经不是离开之前的周了。相貌没有多少改变,着装风格还和从前一样,可他的记忆却完全走样了。

"你还记得我家的地址?"小鹿问他。

"嗯,手机里存着地址。"周腼腆地笑了,"我这样来,你很意外吧?"

"有点。"小鹿努力挤出一丝微笑,尽管她是那样想躲在周的怀抱里狠狠哭一场,怪他突然离开,也高兴他又回来了。可是面对有些陌生的周,小鹿的眼泪只是在眼眶里打转。

小鹿给周倒了一杯水,周从口袋里掏出一个小本子,上面密密麻麻写了很多字,周瞄了几眼,然后开始诉说这五个月来的遭遇。

周说他一直没告诉小鹿,其实他很早就发现每天晚上到了11点左右,他的视力就会很模糊,别说看远的东西了,哪怕是近距离电脑屏幕都看不清楚。本以为是因为上网时间太长,用眼过度,眼睛太疲劳了,也就没放在心上,买了瓶眼药水,也买了些枸杞泡茶喝,觉得稍加注意就该没问题了。可是慢慢地,这种状况非但没有改善,反而越来越严重,有时到了晚上7点钟,他的眼前就已模糊一片。

　　那天从小鹿这里回去,周发现自己的眼睛越来越模糊了,上了楼梯,连看自家的门牌号都不清楚,于是就和爸妈说了自己的症状。爸妈让他去医院全面检查一下,眼睛可不是小事。周第二天一早请假去医院做了检查,本来以为配点药回去吃就没事了,却被医生告知要马上住院,而且让他暂时别走,还得留下来复诊。他这才意识到也许事情没有自己想像的那样简单。

　　复诊的时候来的不只有眼科专家,居然还有脑科专家。他的心咯噔跳了一下,难道很严重吗?诊断结束后,医生们出去了半个小时,回来告诉他,发现他的脑干部有一块阴影,可能是瘤,也可能是别的。他之所以每天晚上眼前模糊,是因为这块东西压迫到了视神经。

　　"噢,天哪!"小鹿发出一声感叹。作为他的女朋友,她一点都不了解他的身体状况,他每次说看不清远处的站牌,小鹿还笑他没了眼镜就是盲人一个呢。从来都是周去关心爱护她,她怎么就没想到平日里虎虎生风的周居然也会得这样的病呢!

　　"我当时觉得自己年轻,什么事都能挺过去,没什么大不了的。我把医生的话告诉了父母,却没敢告诉你,我怕你担心。爸爸愁眉苦脸,一根接一根地抽烟,而妈妈呢除了哭还是哭,她说自己没做过伤天害理的事情,怎么自己的儿子会得这样的病呢。后来他们又带我去医院做检查,查下来那阴影是瘤,我当天晚上就住院了。住院的日子我一直没上过网,也没开手机,我知道你会很着急地找我,可我不想让你担心、伤心,就只有不见你,也只有不和你联系。你那段时间一定很痛苦,但你要知道,我和你一样痛苦,天天想你却不能看到你。"

"周,你多傻,我们不是说过,有任何困难都一起承担吗?你干嘛这样对我,我应该在你身边照顾你的呀。"小鹿捧起周的脸,他的眼角湿润了,而她的衣领已经被眼泪打湿了。

原本以为这样生离死别的故事只会在电视里上演,可谁能想到其实生活中也在上演着这样的故事,都说艺术来源于生活,看来没错。

"当时,国内的医生帮我设计了很多种治疗方案,我也知道我将面临的三个结果,最好的是手术成功,和正常人一样;最坏的则是我上了手术台,就下不来了;折衷的后果是我从此失明。但手术要打开颅骨,我觉得非常可怕。当时美国一家最先进的医院推出了一种新的方法,可以不用打开颅骨,但是手术非常精密复杂,如果偏差 0.001 毫米,我就可能失去记忆。但是我害怕开颅,我说想用国外这种方法。在美国生活的舅舅舅妈鼓励我们去美国做手术。于是我就跟着爸妈去了。"

"怎么样,手术很成功吧?"小鹿抹了一把眼泪,看着眼前的

周,比以前胖了点,肤色也白净了许多,都是在病房里养出来的吧?

"手术很成功,但是我失去了记忆,脑子里一片空白,我连爸妈都认不出来了,我甚至都不知道自己是谁,我花了很长时间才说服自己去接受他们。"周的神色很无奈,"早知道这样,我就不做这样的手术了。没有记忆,并不比失明好过多少。"

周说,如果不是因为他的那台电脑,他也许根本就不会记起小鹿这个人了。在医院养病期间,表姐把他的笔记本带给了他,他在电脑里发现了和小鹿的通信,发现了自己的博客日记,发现了和小鹿的合影。这才知道,原来自己有一个交往了三年的女朋友,因为那些文字和影像,他似乎能想起过往的一些片断,他很想马上回上海找小鹿。

听到此,小鹿已经泣不成声了。他和周坐在沙发上,她趴在周的膝盖上哭泣。周用手抬起她的脸,轻轻吻干她的眼泪。久违的吻,却没有熟悉的感觉,小鹿推开他。

"周,你真的还记得我们的过往吗?"她问,"我是说,抛却文字和照片,你自己能想起多少呢?"

"记得一点点,和我们三年的经历比起来,应该算是沧海一粟。我来找你,我希望你能帮我找回过去的记忆,可以吗?"周握住她的手,"怎么小手那么冰凉?"

以前,小鹿喜欢把冻得冰凉的手伸到周的胳肢窝里取暖,而周是最怕痒的,说哪怕贡献自己热乎乎的胸脯,也不愿牺牲自己的胳肢窝,可小鹿不依不饶,每次都得逞。

现在,小鹿却不敢这样做了,她不知道,周是否会习惯,她更没有把握,周是否会像从前那样宠她。

说话一直说到半夜,小鹿让周别回去了,她开了空调,让周睡床,自己睡沙发。周坚持他来睡沙发,小鹿拒绝了,她说,周的身体还没有完全复原,她要照顾他。

那晚,其实谁都没有入睡,小鹿听到周辗转反侧的声音,直到天明。

二

过了圣诞,很快又到元旦了。回想这一年发生的事情,小鹿感触很深,告别了学生时代,正式成为一个上班族;告别了集体生活,开始了租房生涯;周生了一场大病,却还是康复了,除了记忆没有完全复原。而少女时代的偶像徐嘉铭,居然也出现在了自己身边。之前二十多年的生活都是那么平静,忽溜一下就过去了。而这一年,该是小鹿人生中很重要的一年吧。这份重要甚至让小鹿无力承担。

12 月 31 日一早,小胖子在网上鼓足勇气向小鹿表达爱意:小鹿,如果我追你,你会怎么样? 可以考虑还是一口回绝?

"对不起,我有喜欢的人了。"小鹿说。

"噢,我认识吗?"小胖子不死心,"看看他比我好在哪里。"

"我不想说他,小胖子,如果你愿意,我们会是好朋友。"

"呵呵,当然,放了寒假,我们聚聚吧,很久没见了。听说有高中同学结婚了呢。"

不愧是小胖子,原本尴尬的场面很快被他化解。小鹿其实挺喜欢小胖子的,他开朗幽默,虽然有时说些损人的话,那也是玩笑的成分居多。但是,对于小胖子的喜欢仅限于普通朋友之间。爱,不是这样的,爱,应该包含了牵肠挂肚吧。自己吃饭的时候,会想,他吃的饭菜对他胃口吗? 下雨的时候,自己没有伞,会想,他被雨淋到了吗? 生病的时候很难受,会想,拜托老天爷让他健康平安……牵肠挂肚的感觉小鹿一直都有,可是为什么渐渐的,那个他不是周了呢?

周很早就约了小鹿,反正他现在休养在家,不用工作,就到她单位陪她一起吃了午饭,然后买了份体育报纸坐在他们杂志社附近的茶坊等。小鹿下了班,两人一起去吃火锅。吃完火锅,周说时间还早,东大名仓库有个活动,叫"用身体向 2005say hello",据说挺不错的,而且也不远,问小鹿有没有兴趣参加。

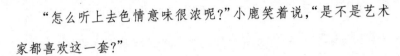

"怎么听上去色情意味很浓呢?"小鹿笑着说,"是不是艺术家都喜欢这一套?"

"也许是让我们用身体摆出 2005 的字样? 我也不清楚,应该不色情的,我们一起去吧。"周兴致很高的样子。

"那好吧。"小鹿不想扫周的兴。分开了五个多月,好不容易又在一起,她应该好好弥补他,因为在他生病的时候,自己没有照顾他,小鹿始终心怀愧疚。

和周坐了出租车去了东大名仓库,发现人气还挺旺,签名本上也看见了很多熟悉的名字,多半是活跃在媒体的人物,小鹿只认得他们的名字,却和真人对不上号,看来应该是一个健康有益的活动,并非自己先前想的那样不堪。

虽说不收门票,可每个入场的人必须得花 20 元钱买一瓶罐装的雪碧,这让小鹿感觉稍稍差劲了一点。还不如直接打着"买门票就送汽水"这样的广告更能蛊惑人心呢。

小鹿和周进了活动场地,这是一个很简陋的大房间,没有舞台,只有音响,观众站着看表演。小鹿和周去得早,就占据了有利的地形,可以站在前排看舞者的表演。是现代舞。领舞的那个女孩子小鹿有印象,好像电视里有个时尚节目曾经采访过她,说她为了跳舞,放弃了待遇丰厚的在外企的工作。小鹿当时还对这个女孩子蛮有好感的,为了实现理想豁出去的勇气不是每个人都有的,至少小鹿就没有,她太缺乏安全感了,根本不会做出那样的举动颠覆自己的生活。因为有了一份好感,小鹿看她跳舞就很认真。但说实话,这样的现代舞所要表达的意思,小鹿不是完全能理解的。小鹿很好奇,那些拿着相机噼里啪啦拍个不停的人又看懂了多少。

"我不是很明白舞蹈的意义。"周凑在小鹿的耳边说。小鹿的耳朵痒痒的,可以听见周均匀的呼吸声,属于男人的有力的呼吸声。

"我也是。"小鹿小声附和。

冗长的舞蹈终于结束了,客观地说,舞者还是很卖力的,在地上打滚的动作做了不止一遍两遍,虽然只穿了单薄的衬衫,还是能看到她们额头上的汗。她们充满激情的表演赢得了不少掌声。

接下去,那个领舞的女孩子,估计也就是此次活动的策划者、主持人,喝了一口水,定了一下神后说:"请大家都去服务台那边拿一支笔。"

不知道要做什么,可大家还是听从她的意思,去临时搭起来的服务台领笔。小鹿挑了一支外壳黑色的笔给周,而给自己的呢当然是粉红色的了。

主持人拿了一大卷卫生纸,放在地上展开,然后让大家在纸上写下自己想要和2004年告别的话。大家一听,很兴奋地蹲下

身子,用刚才领的笔在卫生纸上写字。

　　"告别我的大学,也告别 XJM。"小鹿想了想,在纸上写着。
XJM,是徐嘉铭的名字缩写,在主持人宣布的那一瞬间,小鹿就想
到了这句话。告别徐嘉铭,以后不再和他有热切的联络,也不该
有联络。和年少时的那种带有崇拜意味的喜欢不同,她现在对徐
嘉铭的喜欢是在和他朝夕相处中萌发出来的,他的温柔、他的细
心,总是在不经意间打动着小鹿。本来,小鹿并没有意识到,她以
为牵挂徐嘉铭只是因为自己孤单寂寞,只是习惯了有他陪伴。可
是周回来后,她还是会挂念徐嘉铭,吃着麻辣烫会想起,徐嘉铭喜
欢放两勺辣酱;看到长腿公仔就想买回去送给徐嘉铭;坐在公交
车上看见高个子男生就忍不住拿来和徐嘉铭作比较;每次打开
msn,看到徐嘉铭在线就会好开心,这一切应该是因为自己喜欢
上他了吧? 可是这很不应该,绝对不应该,周回来了,应该重新好
好和他相处。毕竟,和周在一起有三年了,而和徐嘉铭接触只有
三个月而已。

　　小鹿偷偷瞄了一眼周写的:告别疾病。很心疼他,这场大病
几乎夺去了他的生命,可他还是那么坚强,在小鹿面前从不说起
苦痛。也许,真正有责任心的男人都是这样,把幸福留给女人,困
难则由自己承担。小鹿又看看他人写的,很真实、很丰富,"和倔
强的自己说再见"、"和减肥说再见"、"告别所有的不快乐"、"告

别不爱我的人，告别不属于我的爱情"等等，心里有太多话想说，但都浓缩成了一句话。

大家都写完了，主持人把卷筒纸收起来，掏出打火机，把纸点燃了，宣布："让我们把想要告别的都烧掉吧！"

在火苗跳动中，大家都不出声，出神地看着渐渐成为灰烬的纸和自己写的话。

纸烧完了，不知谁发出了一声"欧耶"，大家的情绪随即被调动上来了，无组织地自发扭动起来，似乎想要告别的2004年真的不复存在了。周也拉着小鹿的手舞动了几下。

"好的，接下来，请大家在纸上写下你们对2005年的期望。"主持人重新拿出一卷卫生纸在地上铺开。

哗啦，人群一下子又骚动起来，策划者的创意真是不错，小鹿听到旁边有人议论。

"希望大家都快乐。"小鹿很简单地写下了这句话，大家应该包括：爸妈、周、大哥大嫂、小臭屁、景、小胖子和很多同学朋友。当然，还应该包括徐嘉铭，虽然想和他告别，但心底里依然希望他能快乐、幸福，找到合适自己的女孩子。

"找回记忆最好，找不回也没关系，和小鹿在一起就很好。"小鹿瞥见周这样写。又看看其他人的，什么都有，"一定要瘦下来"、"想拥有笔记本电脑"、"爱我的人快点出现吧"、"顺利考上

研究生"等等。比起告别来，希望要更丰富些，对于未知的将来，每个人都有无数期待和憧憬。

主持人这回没烧卷筒纸，而是请了一些人把大家刚才写的愿望都念出来，很好玩，所有参与者都开怀大笑，也在互相猜测，那些愿望究竟是谁写的。

因为小鹿喝了雪碧，想上厕所，于是没等活动结束，就和周先走了，也不知道究竟怎样才算是用身体向2005 say hello。但总体上说，这个活动还是挺有趣的，小鹿会记住很久。

天气有些冷，因为之前几天下过雪的缘故。小鹿和周走到外面，一时拦不到车，就往前步行了一段，看见前面有个卖馄饨的铺子，是露天的，生意很好。

"我们吃一碗小馄饨暖暖身子吧。"小鹿拉着周走过去坐下。

"你不嫌弃这里脏吗?"周不解地问。

周忘记了，小鹿从来不嫌弃这样的露天小铺子，他们在大学里的时候吃过多少路边摊啊，就是路边摊才吃起来随意吃起来爽啊。

和周吃完了小馄饨，两人走着走着就到了外滩，人潮汹涌啊，不怕冷的人们都出来活动了，期盼着2005年的到来。周和小鹿也跟着人群开始倒计时。

12点到了，周一把抱起小鹿，搞了好几个圈，搞得小鹿头都

晕了。

"哈哈,这算不算用身体向 2005 say hello 呢?"周放下小鹿,气喘吁吁地说。

"那你就该抱着我转 2005 圈啊。"小鹿打趣说。

"你不怕头晕,咱们继续来啊。"周佯装又要抱起小鹿。

小鹿一手打掉他的胳膊:"好啦,和你开玩笑呢。"

好不容易打到车,回到家,已经是凌晨一点半了。难怪,眼皮老打架。

洗完澡打算睡觉,准备关了手机,发现有几个未接电话,都是徐嘉铭的,他还发了好几条短信,先是向小鹿问声新年好,然后又问小鹿去了哪里,怎么不接电话,让她不管几点都给他回个电话。

小鹿刚想拨他的手机,一想到那烧掉的卷筒纸又掐掉了,转而拨了周的电话,问他到家了没。听说他到家了,小鹿也就睡了,并把手机关了。

三

和景见面的那天,气温骤降。小鹿又感冒了,她把自己包裹得严严实实去见景,只要自己能走路,就非得去见她不可。因为,景说她和越分手了。

见到景，小鹿先是抱了抱她，多让自己心疼的一个女孩子呀，一个月没见，瘦了那么多，脸上的颧骨都高起来了，而且脸色灰暗，大概学业压力太大，睡眠质量很差。

和景去了学校附近的公园，晒晒午后的太阳，景情绪低落，拉着小鹿在公园里一遍一遍走，就是不肯开口说话。她不说，小鹿自然不敢问，怕触及到她的伤心处。如果走路能让人忘却痛苦，小鹿愿意就这样一直陪她走下去。

后来，因为小鹿的脚被石头绊了一下，有些疼，景这才和小鹿坐在河边的长椅上。刚坐下，她就趴在小鹿的肩膀上哭了起来。小鹿能感觉到景的眼泪渗进了自己的衣服里层，她的肌肤闻到了眼泪的苦涩。多久没看见景这样大哭了？好像毕业聚餐的时候，景因为喝醉酒哭得呼天抢地的，被大家都记住了。她还说，毕业以后就没那么多泪水了，因为告诫自己从此要坚强。可现在，她比毕业那次哭得还凶猛。

"小鹿，我实在撑不住了，每天强颜欢笑去上课，其实心里要苦死了。要是我再这样忍下去，你只有去精神病院探望我了。"

景号啕大哭，鼻涕眼泪一大把，小鹿只好不断给她递纸巾，幸亏小鹿养成了一个习惯，那就是出门带足纸巾。

也许是累了，景哭了十分钟，停了下来，撸了撸头发，淡然地笑了，"哭出来就好多了，其实这样的男人不值得我留恋，我以后再也不会哭了。"

看她说得那么无所谓，看她假装坚强，小鹿更心疼。

景说，越一直口口声声让景等他20年，还再三保证不碰女朋友，可是前些天他突然发短信给景说，他要结婚了，因为女朋友怀孕了，虽然是一次意外，却也是众望所归。家里人都在催，他没有理由拒绝。他想让景理解他，他想继续和景交往，因为，景是这个世界上他唯一爱的女人，真正相爱的人是不需要用婚姻来维系感情的。

"这样冠冕堂皇的鬼话怎么能信？他也太没有责任感了吧，都快做爸爸了，还两面三刀。"小鹿听了真是胸闷，恨不得冲到他面前给他两个耳光，"要是敢在我面前说，我就朝他吐唾沫。"

"我后来就不接他的电话、不见他的人，我恨死他了，说不爱自己的女朋友，那他女朋友怎么怀孕的？一想到他们两个睡在一起，我就觉得恶心、想吐。鬼才相信他的话呢，20年，20年以后估计他孩子都谈恋爱了，他们一家过着幸福快乐的生活，我算什么？我的青春结束了，我的人生也就完结了，哼。"

"早该做个了断了，这样也好，长痛不如短痛。"小鹿安慰她，"以后会有一个男人更爱你并珍惜你的。"

"可我还是很难过，一时半会儿根本就忘不了他，我怕自己一不小心又会相信他的解释。"景拉起小鹿的手说，"小鹿，要是

以后我再理他,你就打我,狠狠打我,把我打醒。"

"决定还是要自己做的。"小鹿抽回自己的手,摸摸景的脸蛋说,"我怎么舍得打你呢!心疼你还来不及呢,但真的不希望你再和那样的男人见面了,他只会伤害你。"

景点点头,从化妆包里拿出粉饼,扑了点粉,她说女人要对自己好一点,就算失恋,也要做个漂亮女人。小鹿问这些话都是哪里学来的,她说是师姐说的,不能让男人觉得没有他们就活不下去了,一定要让他们后悔没有选择自己。

"呵呵,你的师姐很有女强人的风范。"小鹿笑了。

"其实,这些经验也都是从挫折和苦痛中总结出来的。"

"是呀,多一次失败,就多懂得一个道理。有时候想想,一个人之所以变得冷静,是因为先前的热情都被失败的经历腐蚀了吧。"

"所以我很羡慕那些单纯的人,他们单纯是因为没有经历过失败,也不知道什么是挫折,更不懂得难过是什么滋味。"

"我们注定了无法单纯,因为都受过感情的伤害。"小鹿总结性发言。

"对了,上次看你的博客说,周回来了,你们到底怎么了?"景问,"怎么像拍戏一样,弄得我都有些困惑了,他好好的为什么离开那么长时间?"

　　小鹿简单地把周生病做手术的事情告诉了景,她觉得景一定会认为她像是在编故事。

　　"天哪,怎么像韩剧里演的那样?"景惊呼,连称不敢相信,还摸了摸小鹿的额头,"你不会是因为写小说走火入魔,编出这么一个离奇的故事吧?"

　　"生活本身就是一出戏啊。我们都是自己世界里的主角。"小鹿说,"如果可以,我也希望这只是我小说中的一个情节,而不是真正发生在我身上的事。"

　　"那你和周现在在一起好吗?"景好奇地问,"他会记得你们在一起的时光吗? 会不会有点别扭?"

　　"说不清楚,总觉得怪怪的。他很多事情不记得了,人也有了改变,我们之间好像很难有某种默契了。"小鹿叹了口气说,不清楚是哪里出了错,可就是觉得不对劲。当你慢慢习惯了他不在你身边的日子,当你慢慢习惯了独自去承担一些东西,他却又回来了,说要重新开始。风干的心是否真的就能马上恢复水润呢?

　　"小鹿,你和我一样,都还需要时间。"景伸出右手,搭在小鹿的肩上,"我们走吧,好像起风了。"

　　和景一起走出公园,景一直在抱怨他们导师冷血,不懂得怜香惜玉。小鹿听着,想像一下他们导师的尊容该是何等可怕,突然发现对面刚刚走过的那个男人很像哥哥,可身边的女人分明不

是大嫂。小鹿回头想再确认一下,可他们拐了弯消失不见了。

也许是自己眼花了吧,哥哥这个时候怎么会出现在公园里呢?而且是和一个女人。

回去以后,喝了热水躺下,收到景的短信:我又不争气地哭了,我忘不了他。

"一切都会好起来,我们都要努力。"小鹿回复她,本想写长一点的话,可再长的话都无法抹去景失恋的伤痛,还是得靠自己走出这段阴霾的日子啊。

四

小鹿的小说已经接近尾声,她想在农历新年来临前收尾,在新的一年出版。本想慢慢写,慢慢改,尽量让自己的第一部长篇接近完美。但是高编辑催得很急,几乎是下最后通牒了,说再不完成,他这个年都过不好啦。小鹿情愿自己写作到凌晨,也不愿让高编辑为难。为了这,小鹿压缩了和周见面的时间,每晚只是打个电话、报个平安。为了不让周担心,小鹿告诉他自己正在创作长篇,所以时间不够用。周当时很惊讶说,你什么时候开始写起小说了呢?是呀,什么时候开始的呢?好像就是周离开以后开始的,为了寻求精神上的寄托。可是周却全然不知。

"那么，你写好了可不可以给我看看呢？"周饶有兴致问。

"那不行，我的小说最怕给熟人看了，怕对号入座。"小鹿一口拒绝。

"那么出版以后，我偷偷去买哦。"

"买了也别看，要是看了我就跟你急。"小鹿说。

"呵呵，我偷偷看，看了也不告诉你。"

小鹿对自己的小说没信心，怕写得不够好，怕受到别人的批评，当然更怕别人会误会她，把小说当事实。比如徐嘉铭，他心里到底是怎样看小鹿的呢？每次想到这个问题就心慌慌，就好像做了什么见不得人的事一样。

徐嘉铭已经出院了，回到了学校，生活能自理了，就是还不能做剧烈运动。也许是因为快期终考试了，难得见他上网了。这样也好，就慢慢断了联络吧。有些人就是这样，在某个阶段特别热络，可一旦环境改变了，又像陌生人那样，断了来往。

那天凌晨，小鹿在为小说的结局而烦恼，不知该欢喜收场还是写一个开放式的结尾，留给读者想象的空间。正在绞尽脑汁思考时，看见徐嘉铭登录 msn 了。小鹿刚想隐身，把自己的状态设置为"脱机"，徐嘉铭就跳出来问候她："小说写得怎样了？"

小鹿说快好了，就差一个结局，并把自己的困惑告诉了他。

"我想还是给一个欢喜结局吧，我喜欢看大圆满的故事。"徐

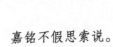
嘉铭不假思索说。

"可这个故事不是给你看的呀。"

"我代表了一部分读者的意见嘛。"徐嘉铭连连发了一长串笑脸,"读者会感谢你给了他们一个完美的故事,尽管这个故事是虚构的,答应我吧。"

"嗯,那么好吧。"小鹿发了一个点头的图标过去。

"答应了? 太好啦。"徐嘉铭喜出望外的样子。

小鹿真不知道他有什么好高兴的,但她对自己的态度也有些意外,对周没提起过的结局的事情倒是对徐嘉铭提及了,并听从了他的意见。

小鹿问徐嘉铭为什么到现在还不睡,是不是临时抱佛脚来应付考试。徐嘉铭说不是,还是因为感情上的问题。那个女孩子结交了新男朋友,感情很好,如胶似漆。

"那么,你心里难过吗? 是不是会感觉失落、无助?"小鹿问。尽管她是那么不想听徐嘉铭提起那个女孩子的故事,可是既然他说了,她免不了要去安慰他。

"倒也没有很难过,反而觉得很欣慰,知道她有好的归宿,我也放心了。"

"别把自己说得那么伟大呀,如果想哭,可以考虑借你一个肩膀。"

　　"是我辜负了她。我当然希望她能找到真正疼爱她的人。我是真心为她高兴,并祝福她。"

　　"希望你也能找到一份如意的新感情。"

　　"呵呵,我已经做好准备迎接新感情的到来了。"徐嘉铭紧接着又问,"小鹿,你喜欢什么样的男生?"

　　"有责任感,高大、稳重,有点小幽默,最关键是要爱我。"小鹿写了一长串发送出去,过了一会儿又被退回来了,原来是网络断了。反复再拨,就是拨不上去,宽带常常出问题,却没想到深更半夜还会断,可网络的问题不是小鹿发几句牢骚就能解决的,只好作罢。

　　凌晨一点睡下,小鹿看看床头的日历,再过两个星期就是自己 23 周岁的生日了,不知道会收到怎样的礼物呢?

第八章
我是为你而来

不停地驱赶

来去无常的孤单

也茫然还好有勇敢

看星空梦幻般流转

怎么能袖手旁观

我是为你而来

不在乎穿越绵绵山脉

你给我的最爱

永远在盛开

是我一生的精彩

——李健《为你而来》

一

　　生日那天，寒流来袭，整个城市的上空都在传播着这样一个讯息：真冷。小鹿因为吃了一个秋天的维C，再加上买了一件超保暖的羽绒服，所以暂时没有被寒流击倒。她在办公室给自己泡了杯奶茶，然后上上网，翻翻时尚杂志。虽然临近年关，杂志社的事情很多，但小鹿自己给自己放假，毕竟一年也就一天是生日嘛。

　　一早就接到妈妈的电话，祝她生日快乐。小鹿颇为惭愧，其实应该她打电话给妈妈，对她说声辛苦了，每个孩子的生日都是母亲的受难日。小鹿对妈妈说，因为要和朋友出去玩，晚上不回家吃饭了，等到农历生日那天再回去。景也给她打电话了，说知道小鹿今晚肯定会和周一起happy，自己就不当电灯泡了，礼物早就准备好了，改天再送过来。

　　一整天都在等着周的消息，看他给自己准备了什么礼物。事先没有提醒他，过去也从来都不需要提醒他，等着他给自己带来惊喜就是了。和他在一起过的第一个生日，让小鹿惊喜万分，只因为小鹿在生日前偶尔说起青浦朱家角的扎肉和苏州的豆腐干很好吃，周就一个人悄悄坐了汽车和火车去买，等他风尘仆仆赶回来递到小鹿手上时，小鹿激动得抱着他扎扎实实亲了好几口。

小鹿也没有对徐嘉铭说起过，主动向人家说起自己的生日，会让人家尴尬的，被动送礼物的滋味不好受。

单位里不用说，就有工会的伯伯送来了蛋糕券，每个员工生日那天都会收到这样一份礼物。以至于上了年纪的阿姨看见工会伯伯都会尖叫："哎呀，不想看到你呀，一看到你就知道自己又老了一岁。"不过，这是小鹿第一次见到工会伯伯，觉得他还是很亲切的。蛋糕券是 bread talk 的，小鹿最喜欢的一个面包品牌，每一种面包都好吃得不得了，有时小鹿索性拿来当饭吃。好像还向徐嘉铭大力推荐过，让本来不爱吃面包的徐嘉铭也爱上了这个牌子。

等到下班，周还没有电话或短信来。小鹿坐不住了，打了电话给他，问他今天在哪里。

"我今天陪妈妈去昆山了，有个亲戚结婚，走得急了，忘了和你说。"电话那头有些嘈杂，周重复了好几遍，小鹿才听清。

"噢，那你知道今天是什么日子吗?"小鹿掩盖住自己的失望问。

"嗯，是什么日子呀?"周反问。看来他是一定不记得了，这也难怪，他至今连很多亲戚都不记得，更何况是小鹿的生日呢?

"没什么，等你回来再说吧。"小鹿叮嘱了他几句要注意保暖之类的话就挂了。

一个人去 bread talk 买了五个面包,都是常吃的辣松、印度飞饼、蕉点等等,又买了一个蓝莓的小蛋糕,虽然没有人陪,可生日还是要过的。早知道这样,还不如回家过或找景一起吃饭,现在这样冷冷清清,真是凄凉。小鹿一脸失落来到车站,看到车站上人满为患,小鹿就拦了一辆出租车回去了。要对自己好一点呀,她不禁感叹。

刚回去把东西放好,李曼就打开房门对小鹿说:"小鹿,能不能把你房间的沙发搬到我房间?我男朋友可能要过来住几天。"

小鹿看了看自己的房间,没有衣橱,没有写字台,没有柜子,沙发上堆满了衣服和杂志,要是连沙发都没了,真不知道该把东西放到哪里。小鹿不吭声,洗了手又回到房间打开电脑,李曼见她不表态,以为她同意了,就让她男朋友进来,朝沙发走去。

"那我这么多东西怎么办呀?"小鹿强忍住心中的怒气。

"我来帮你收拾。"李曼进了房间,撸起袖子,"对了,我就把书放地板上,把衣服放你床上吧。"

"你什么意思啊。"小鹿眼见李曼动作利落把自己的书往地上一扔,忍不住大叫起来,"我这里本来就没柜子,你还拿走沙发,太过分了。"

"大家住在一起要相互体谅,天气那么冷,难道让他打地铺吗?"李曼毫不示弱,"你就不能迁就一下他吗?"

"他有什么权利住在这里？一分钱都不付，每天在这里用水用电用煤气用公共空间，还要我迁就他？凭什么？"小鹿说着说着就哭了，她不习惯和别人大声争吵。

"你有必要这样吗？不就是一张沙发吗？"李曼拔高了嗓子，"你也太小心眼了，要是你男朋友过来住，我肯定不会废话的。"

"好啊，不就是一张沙发嘛，那你搬走好了。"小鹿背过身去，不理他们，一点都不想看到李曼说话时的嘴脸，那么咄咄逼人。

李曼指使着她男朋友把沙发搬走了，小鹿关上房门，坐在床上大声哭了起来。

哭了一会儿，想想实在委屈，就打了一个电话给徐嘉铭："你在哪里呀？"

"小鹿，你怎么了，哭了？"徐嘉铭听到小鹿抽鼻子的声音，紧张起来，"发生什么事情了？你现在哪里？"

"也没什么，就是和朋友闹了别扭，我在家，你什么时候上网，我和你在网上说吧。"

"好的，那你等我。我马上过来。"

没等小鹿反应过来，电话就挂了，小鹿握着话筒，觉得奇怪，难道他的意思是他马上就上网吗？于是，小鹿打开了电脑，登陆了 msn，等着徐嘉铭的到来。

过了一会儿，李曼敲了敲小鹿的房门，语气冰冷地说："有人找你。"

这个时候会是谁呢？小鹿起身打开房门，却见徐嘉铭站在门口，她简直不敢相信自己的眼睛，他怎么来了？

"哎呀，你怎么来了也不告诉我一声，你先进去坐吧。"小鹿赶紧从卫生间里拿了一块毛巾擦掉留在脸上的泪痕，照了照镜子，发现眼睛都哭肿了。

回到房间，看见徐嘉铭还站着，小鹿汗颜无比，书籍乱七八糟都堆在地上，衣服堆在床上，似乎没有可以坐的地方了。

"哎呀，不好意思，你先坐这儿吧。"小鹿指了指电脑椅，然后开始收拾东西，一边收拾一边向他讲述刚才和李曼发生争执的经过。

"小鹿，要么你搬回家住吧，在外面和别人合租难免有摩擦，一个人住呢又不安全。"徐嘉铭说，"而且还可以省下那么多钱，够你买很多衣服和化妆品啦。"

小鹿想想也是，要么过年就搬回家吧。小鹿问徐嘉铭怎么来了。他说放寒假了，买不到打折的飞机票，他坐了一夜的火车今天早晨到上海，回家睡了一觉，本来就想来给小鹿过生日的。

"你怎么知道我生日呀？"小鹿很吃惊，她可没对徐嘉铭说过呀。

"呵呵，你们校友录上都有资料的呀。现在是信息时代了，

想保留一点秘密还真不容易呢。"徐嘉铭笑了,然后从随身的包里掏出一个大盒子,包装精美。

小鹿拆开一看,是一大盒漂亮的糖果！小鹿认得这个牌子！上次和徐嘉铭逛莱福士,走进一家糖果专卖店,当即就被吸引了,每颗糖果都那么漂亮,有做成花的形状,有做成可爱小人形状,总之式样丰富,颜色粉嫩,小鹿爱不释手,但最后还是没买,因为太贵啦。却没想到,会在生日这天收到徐嘉铭送来的一大盒糖果,天哪,该花了他很多钱吧?

"谢谢呀,糖果这么漂亮,我都舍不得吃呢。"小鹿发出真心的感叹。

"呵呵,吃吧,吃完了再买,不过别在睡觉前吃,要不然长了蛀牙你还得来找我算账。"徐嘉铭眯起眼睛笑。

小鹿请他吃了蛋糕,因为蛋糕太小,两人不够吃,小鹿又拿出面包来招待他。虽然没怎么吃饱,可小鹿还是很开心。她偷偷看徐嘉铭的侧脸,真好看,明年这个时候,徐嘉铭还会陪她一起过生日吗?

二

小说终于写完了。当写下"全书完"字样的时候,小鹿如释

重负松了一口气。发给高编辑以后对他说,近阶段别再给我发消息了,我现在被你催得有后遗症了,一见你的短信,还没看内容,就会涌起一阵紧张。高编辑说,过完年再联系,让她别再担心了。

过年前,小鹿搬回了家,因为半年的房租也到期了,就不再续租,让李曼自己再找合租伙伴。自从"沙发事件"之后,小鹿就不再主动和李曼说话,除非迫不得已。搬走那天,看见李曼,她似乎有话要说,但最终还是保持了沉默。走出小区的一瞬间,小鹿有些难过,来的时候,和李曼欢欢喜喜,计划着要怎样布置小窝,谁能想到走的时候会是这样的局面呢?四年的同学友谊,就这样划上了句号,不知道李曼是否会觉得遗憾?

搬家的事情基本上都交给哥哥了,徐嘉铭和周都没有出现,因为不想让妈妈浮想联翩。回家的感觉既熟悉又陌生,以后不可以上网到凌晨、不可以节食、也不可以随便哭。总之,要在家人面前尽量表现得乖一点,免得妈妈唠叨起来没完没了。

有一次吃完饭和哥哥坐在沙发上看电视,随口问起哥哥,上次在公园,和他在一起的女孩是谁。哥哥紧张地张望了一下,发现客厅没人,就对小鹿小声说,是一个同事,当时单位里组织青年团员活动,到公园去聚餐。本来也没什么,可是看哥哥那紧张的模样,小鹿倒觉得奇怪了,不就是一个同事嘛,有必要这样心虚嘛。不会是哥哥和人家有什么吧?看看哥哥,他正聚精会神看电视,小鹿就觉得自己刚才的想法有点龌龊,哥哥是多好的一个人呀,那么疼老婆孩子,怎么可能有出轨的行为呢?如果说这世界上只剩下一个好男人的话,那估计非哥哥莫属了。

小鹿也是这样对周说的。周还很吃醋,说自己也很有竞争力去角逐那个名额的。因为错过了小鹿的生日,他后来补送了一个水晶挂件。他说是在自己的记事本上发现自己犯了一个致命的错误,但念在事出有因,希望小鹿别生气。

"小鹿,以后有什么重要的日子你一定要提醒我,我希望能做得比以前更好,尽管这有点难。"周双手扶着小鹿的肩膀,向她发誓,"但请你相信我。"

"嗯。"小鹿点点头。她知道周的记忆缺失了一大部分,她有必要帮助他找回曾经的很多感觉。可是为什么小鹿觉得,自己也得了失忆症了呢,以前甜蜜的感觉怎么就不再深刻了呢?是周变了还是自己变了呢?

小鹿把这样的困惑对景说,希望景能帮助她找到答案。

"小鹿,会不会是你们分开太久,感情的浓度被稀释了?感情的事情很微妙的。"

"可是我和周在一起都三年多了,虽然他离开我只有五个月,可是感情怎么就消失得那么快呢?有时,他抱我,我都会觉得别扭,一点也感觉不到甜蜜。他的体味,我甚至开始觉得厌恶。

景,我这是怎么了?"小鹿急得快抓狂了,"我和他在一起,都觉得有罪恶感。我对不起他。"

"小鹿,别太自责,时间会证明一切,别给自己太大压力,如果最终不能在一起,那也是没办法的事情。"景抱抱小鹿,"如果可以,真想回到大一,那时我们都没有恋爱,整天想着去弄好吃的,到处去看帅哥,没心没肺的日子多快乐。可是一眨眼,我们都毕业半年了。"

"你不是还在学校吗? 比我好多了,我要整日看领导的脸色啊。"小鹿重重地叹口气,"我要是当初像你一样用功一点,能直研就好了,就可以在学校里再享受三年。"

"才不是享受呢。读研很辛苦的,要发表论文,还要帮导师做课题研究,很烦人,又没钱,想买漂亮衣服都不行。"景噘起嘴巴,耸耸肩,"反正最开心的还是本科阶段。"

"你那个变态的导师怎么样了?"

"其实,他也不是很变态啦,对我们都还好。"景突然脸红了,"以前那么骂他,真是不厚道。"

"呵呵,你不会是喜欢上他了吧?"小鹿逗她,"你脸红什么呀?"

"别瞎说。"景拧了一下小鹿的大腿,"先管好你自己再说吧。"

是呀,景说得没错,先管好自己再说,可是该怎么管呢?要是可以,小鹿也想像周那样离开五个月,到处走走,看看祖国风光,理理自己的心事,不再为工作而奔波。以前很想当自由职业者,就是想不受拘束,过自在的生活,可后来才知道,靠写作赚钱也很辛苦,每天被编辑催着的滋味可不好受。

如果可以,真想时光倒流,再回到大学呀。

三

为了陪周找回记忆,小鹿常常带着周去学校看看,告诉他,他们曾经在哪里吵嘴,曾在哪里亲吻,曾经在哪里吃瓜子聊天,曾在哪里拍了照片……几乎学校的每一个角落都有他们的足迹。

图书馆,是小鹿带他去的第一站,因为他们就是在这里认识的。图书馆管得比较严,外人不得入内,一定要有图书证才能进去。于是,小鹿和周只能在图书馆门前的秋千上坐着。

"你知道吗,你当初为了追我,用一把环形锁把我的车和你的车锁在了一起。"

"是吗?我怎么就找了这么一个猥琐的办法?你居然就上钩了?"周很惊讶地问小鹿。

"是呀,我就毁在了一辆自行车上。"小鹿无限感叹,当初周说这是一个好办法,打算传授给学弟,现在他自己倒觉得猥琐了。

　　说到自行车,小鹿后来就没再骑过,因为不管到哪里都有周带着她。周骑车技术一流,再窄再不平整的道路,他都能有惊无险地骑过去,所以坐在后座的小鹿心里很踏实,有时甚至还能坐着打个盹。前段时间,许久不骑车的小鹿突发奇想,决定每天骑车上班就当锻炼身体。头脑一热,冲到大卖场买了辆车,刚把车推到马路上,小鹿就后悔了,大学里的道路人不多,也没有机动车和汽车,可大街上车水马龙,人那么多,红灯也多,看起来很危险啊。颤颤巍巍上了车,几乎用和步行差不多的速度适应着新车和新的道路,还提心吊胆,生怕撞上突然蹿出来的行人。总算安全到了家,可一摸上衣口袋,发现放在里面的钱包没了。小鹿亲眼见过类似的事情,有些小孩会趁人不备,偷偷跟着骑车比较慢的人,然后出其不意把他们的钱包偷走。当时小鹿看得一阵心寒,没想到这样的事情发生在了自己身上。后来就没再骑过车,车上堆积了很多灰尘,小鹿都懒得去擦。和徐嘉铭聊天的时候说起这件事,徐嘉铭就说把这辆车转让给他吧。在他的坚持下,小鹿把这辆娇小的女式车转让给了他。他还用这辆车带小鹿去了不少地方,小鹿看他每次都骑得很吃力,因为他人太高,而车子太矮,腿放不直,可他说这样才有锻炼效果嘛。

　　"小鹿,想什么呢?"周推推她,"这么出神。"

"噢，没什么。"小鹿的思绪拉了回来，"我们走吧。"

下一站是女生宿舍。因为是假期，宿舍门口人不多，管理员阿姨也在那里打瞌睡。如果是平时，男生们早就站在宿舍门口开始等候了。有的帮女生提开水；有的帮女生送盒饭；有的扛着电脑机箱，因为男生不能进女生宿舍，碰到电脑问题通常都是把机箱搬出去修；有的捧着大把的鲜花，引来众人的观望；也有的男生垂头丧气，估计是吵架了来向女生道歉的。女生楼前的风景很多样，小鹿和景常常打量着那些男生，评判一下哪个比较帅，又会猜测他们的女朋友都是什么样子的。而周，似乎上述的每一种状况都经历过。

"周，你那时几乎天天到这里来站岗，哈哈，阿姨都快认识你了呢。"小鹿拉着周走到台阶上，望望里面的阿姨，好像换了一个。

"是吗？难怪我成绩不够好，原来是因为把业余时间都花在这上面了。"

"后悔了吗？"

"当然没有，有失必有得嘛。我不是得到你了吗？"周搂紧了小鹿。

宿舍门口本来有家卖蛋炒饭和麻辣烫的小店，当时生意火爆，每次都要排很长的队才能买到，或许正是因为这样，吃起来才更觉得香。不过这家店现在变成了一个卖礼品的店。小鹿有些

小小的失落,原本还想在这里找回一些过去的记忆呢。

"小鹿,你快来看看,这里有你喜欢的玩具吗?"周拉着她进了小店。

"嗯,好的。"小鹿走了进去,随便看看。

都是些小玩意,毛绒玩具啦,装饰品啦,看着还可以,就是做工比较粗糙。以前看着也许会买,毕竟做学生,零花钱有限,可是现在似乎都看不上眼了。

"小鹿,你看这只 snoopy 怎么样?"周把小鹿喊过去,让她看那只穿着水手服的 snoopy。

小鹿摸了摸,手感不好,没有柔软的感觉。

"一般吧。"小鹿如实说。

"你以前不是喜欢的吗?"

"没有啊,我喜欢的是 hello kitty,你喜欢的才是 snoopy,可别张冠李戴噢。"

"是吗,呵呵,那我就买下吧。"周掏钱买了一个。

周不记得了,有一个阶段,麦当劳推出 snoopy 系列玩具,吃一份套餐加 10 元钱可以换一个 snoopy 玩偶。小鹿为了给周准备生日礼物,连着吃了一个礼拜的麦当劳,集齐了 6 个不同造型的 snoopy 玩偶。打那之后,有半年时间小鹿都没去麦当劳,看到汉堡都要吐出来了。周收到礼物的瞬间,激动得立马就把银行卡掏出来,说是交给小鹿保管。银行卡里的钱都是家里给的零用钱和打工挣的钱,虽然不多,但周还是说要上交,小鹿想用就用,他要花钱就找小鹿讨。小鹿万般推却,周还是坚持。小鹿就保管了他的钱,但自己花钱还是从自己卡上取。

"周,你记得吗?有一次我们出去打工,银行卡坏了,我们身无分文,路程又太远,没法走回来,我们厚着脸皮去乞讨,你记得吗?"小鹿突然想起来了,至今还想笑。

那次和周出去派发洗发水,派发完以后,两人又累又渴,于是就把口袋里仅剩的 10 元钱买了面包和水,只剩下 1.5 元了,心想反正坐车可以用交通卡,就心安理得把面包和水吃完了。到了车站,眼看车来了,正想上车,小鹿一摸口袋,完了,换了件衣服,交通卡忘记带了,周的卡也一直都是由小鹿保管的,要没带的话肯定都没带。这下完蛋了,回去要换两部车,身上的 1.5 元钱根本就不管用。没办法,只好去附近的银行取钱。因为这个小区很偏僻,走了很久才找到一家银行,小鹿兴奋得把卡塞进自动取款机,可是钱没出来,卡也被吃掉了。当即就感觉世界末日来临了。小鹿和周大眼瞪小眼,真的到了绝望的地步了。

"我们去讨钱吧。"周提议,"去问好心的路人借一点,拿学生证给他们看,应该没问题的。"

"可是我们平常看到乞讨的人都不予理睬的,现在我们这

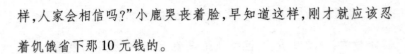
样,人家会相信吗?"小鹿哭丧着脸,早知道这样,刚才就应该忍着饥饿省下那10元钱的。

无奈之下,只好这样做了,看着周拿着学生证去向路过的阿姨、奶奶甚至小学生求助,小鹿觉得既好笑又想哭。很多人打量了周几下就走了,毕竟社会上骗子太多了,不能轻易让人相信。费尽了唇舌,终于有一位好心的奶奶愿意帮助他们,她刚买菜回来,说没有零钱,只有100元钱了。周说他们只需要10元钱就可以了,于是老奶奶还特地去附近的小店换了零钱,拿出一张10元钱给周。

"老奶奶说,因为我长得和他孙子有点像,所以愿意帮助我,哈哈。"周一脸得意。

后来关于这次经历,小鹿还在校报上写了篇文章,发表后拿了20元稿费,想给老奶奶送过去,却不知去哪里找她。于是20元钱就给了路边的乞丐,想想他们或许真的是有难处呢。

"小鹿,我们真的干过这样的事吗?这么好玩刺激。"周听完小鹿的话,一脸迷惑,"看来,到了紧要关头,人真的能放下面子。"

那么多的回忆,如今都只成了小鹿一个人的回忆。小鹿对他说着这些,他就像听故事一样,从前的共鸣再也找不到了。

晚饭去学校食堂吃的,点了几个风味小炒,以前吃这些小炒也算是犒劳自己了，景一直说他们奢侈呢。可是如今吃来，却感觉一般。或许是外面大餐厅的东西吃多了，胃口被吊上去了。小鹿看着四周的大学生，吃得那么香，还有一些情侣在相互喂饭，虽然旁人看着别扭，可小鹿知道，爱到深处，眼里除了对方就没有别人了，小鹿能体会他们的心情，因为在他们身上能看到从前的自己和周。那时容易满足，一点点事情就会开心、感动，可是为什么现在总觉得生活没有多少乐趣呢？身边的人还在，那到底是什么改变了呢？

周把小鹿送回家，临走的时候说，今天很开心，知道了那么多的往事。他又说，他会尽力做得比以前更好，让小鹿信任他。看着他的背影消失在暮色中，小鹿的眼泪不自觉淌了下来。如果周不曾离开过，如果徐嘉铭不曾出现过，那小鹿的生活该是多么平静而简单啊。可是没有如果，时光也不会倒流。明天该是怎样的一天呢？

四

除夕那天，小鹿看完春节晚会后，正想上床睡觉。接到徐嘉铭的短信，问她睡了吗，小鹿说还没有。于是，徐嘉铭就拨通了她的电话。

"小鹿,我今天一整天都在整理房间,整理出好多东西,也找到了很多回忆。"

"嗯。"小鹿不清楚他想说什么。

"小鹿,我发现高三的同学录里夹了一张卡片……"

徐嘉铭还没说完,小鹿就跳将起来,把电话掐断了,像看见蟑螂一样惊慌,他这么晚打电话过来,一定是想说,发现了一张小鹿写给他的卡片。天哪,以后还有什么脸面去见他呢?真是羞死人了,平生干的第一件让她后悔不送的事情就是写了那张卡片。

生怕徐嘉铭再打电话过来,小鹿赶紧关了手机,躺下睡觉。

外面爆竹声声,小鹿的心也是不停地在运动,就这样挂了岂不是让他看出自己的心虚?而且也不礼貌,更何况根本就没弄清楚他想说什么呢。想来想去,觉得不妥,小鹿又开了手机,想给徐嘉铭发短信,就说电话突然断了,现在她想睡觉了。刚开机,手机就叫个不停,好多条短信一起进来,一看,都是徐嘉铭发的。徐嘉铭说,他发现了那张卡片,是小鹿写给他的,约他在毕业典礼后的第二天早上去肯德基吃东西。他又说,当时收到卡片后就夹在同学录里了,本来想着要准时赴约的,可是那天晚上,从小最疼爱他的外婆去世了,他们一家连夜赶到郊区的外婆家。于是他失约了,因为小鹿没有留下任何方式,他无法告知她。事后,他也就忘记了,毕竟之前他曾收到过很多女生的邀请,所以就没有那么在意。可是今天他发现了卡片居然就是小鹿写的,再联想到看过小鹿的小说里写到过类似的情节,想问问小鹿,事到如今,他还有没有资格被小鹿喜欢呢?

"我有没有资格被你继续喜欢呢?"小鹿看着这条短信发呆,该怎么回复呢?她想问自己,现在她还有没有资格继续喜欢徐嘉铭呢?还有吗?周没有了工作,暂时在家休养,他把小鹿看得那么重要,小鹿还有资格去喜欢其他人吗?

接下来的两天,小鹿一直为这个问题头疼,徐嘉铭没有继续发短信或打电话给她,也许是在耐心地等待着她的答案吧。

因为心烦,小鹿一个人戴上帽子、围上围巾去外面走走散散心,不知不觉就到了高中校园。看门的老伯死活不让小鹿进去,说是放假期间,学校的安全尤为重要,于是小鹿只能隔着铁栏看校园里的一草一木。想起那时总爱看徐嘉铭跑步,头发甩起来的模样真好看;想起偷偷把卡片塞进信箱的瞬间,心跳的声音仿佛能清晰听到;想起和徐嘉铭在操场的看台上一起吃月饼,唇间似乎还留有甜蜜的滋味。每每想起那些片刻,小鹿的心就会禁不住柔软无比,整个人被融化了。

回到家,看着床头柜上的糖果,小鹿很想很想告诉徐嘉铭,自己虽然还是很喜欢他,但是错过了那次肯德基的约会,事情都变了样。

接到小胖子的电话,说老同学多年不见,能不能出来碰碰头?小鹿答应得很爽快,她一直心存内疚,似乎拒绝了小胖子的示爱是她的不对。

和小胖子约在川菜馆见面,他说他已经不习惯没有辣了。小鹿的额头上虽然冒了几颗痘痘,但也欣然答应,不想扫小胖子的兴。小胖子比以前帅多了,似乎男生进了大学,都会脱胎换骨,稍微打扮一下,就能完全改观。他比以前成熟了,那么在他眼里,小鹿也应该不是从前那个小胖妞了吧?

"小鹿,女大十八变在你身上得到了很好的体现嘛。"果然,小胖子见面后的第一句话就是夸奖她,"比照片上还漂亮。"

听到他这么赤裸裸地赞自己,小鹿的脸唰一下就红了。

小胖子很能聊,说大学里奇人奇事实在太多了,也说到了他每年暑假去不同省市考察的经历,总之他那张嘴除了吃饭就是说话,不闲着。小鹿呢就是闷头吃菜或者听他说话,觉得也蛮过瘾的。

聊着聊着,就说到了徐嘉铭,小鹿装作无意,问起徐嘉铭的女朋友,小胖子欲言又止。

"他们怎么会分手呢?"小鹿打破砂锅问到底。

"好像是因为徐嘉铭的妈妈嫌她个子矮。你也知道,徐嘉铭进大学之前一直是天之骄子,出尽风头,他妈妈的要求能低吗?"

　　"嗯,那个女孩子有多高呢?"小鹿的心凉了半截,可还是想知道。

　　"和你差不多吧。他们站在一起悬殊是蛮大的。"小胖子实话实说,"其实也不是女孩子矮,主要是徐嘉铭太高了,你说他怎么就长那么高呢?太浪费了,还不如匀我一点呢。"

　　那顿饭,很丰盛,可是小鹿没吃好;小胖子也很热情,可小鹿后来都没听他在说什么,脑海里不断跳出小胖子的那句话:她和你差不多高……

尾　声

几个月后。

小鹿去参加景的订婚仪式,也算是大学同学聚会了。

大家都说没想到,景会那么快就订婚,大学毕业才刚刚一年,很多人工作才刚刚稳定下来呢。更让大家想不到的是,景会和自己的导师恋爱。虽然男老师配女学生是中文系由来已久的传统,可还是让大家吃惊不小。之所以这么快就订婚,是因为导师年纪不小了,家里在催呢。景的爸妈没有反对,景说,她妈妈一直有个观点,说是她和景的爸爸就是因为年龄相近才一直吵架,现在景找一个年长几岁的伴侣,应该会被当作孩子一样宠着,这样挺好。也许过段时间,景就会和导师举行结婚仪式,反正在研究生阶段结婚的人也不只她一个。系里的老师也来了很多,感觉又回到了从前,只不过现在不是在课堂上,没有了紧张严肃的气氛。更何况毕业了,学生和老师再相逢,应该能平等相处、把酒言欢了。不过小鹿还是不习惯和老师在一起开玩笑,因为她觉得自己当年并不是一个好学生,遇见老师难免尴尬。

看着景一脸幸福沉醉的模样,小鹿打心眼里为她高兴,她终于找到自己的归宿了,这个大学四年没有恋爱过的女孩子终于打到了自己的真爱,时间长或短并不是衡量爱情的标准。也许很多人会觉得他们外形并不般配,可外形只是被别人看的,幸福却是内在的,眼神交汇时如果灵魂相通,那么还在乎世俗的东西干什么呢? 导师看景时的那种眼神,旁观者都能感觉到浓情蜜意。

很多同学都喝醉了,从酒店里走出来后,班长说,难得有这样的机会,大家出去玩通宵吧,唱歌、跳舞、接着喝酒,一定要痛快,并约定等到景结婚那天,大家再一起 happy。

小鹿跟着去了,集体活动,她一般都参与,因为和同学们在一起很放松,可以像个孩子似的,没有那么多束缚。更何况毕业一年了才有这样的机会聚在一起,有好多话想说。

他们都说小鹿是改变最小的,还梳着乖巧的发型,身材没有走样,依然喜欢穿粉红色的衣服,说话仍旧很学生气,似乎社会这个大染缸并没有拿小鹿怎么样。再看看他们自己,原本素面朝天的女生开始化妆了;原本身材够好的男生像吹气球一样发胖了;

原本极具运动气质的女生穿起了尖头皮鞋;原本说话腼腆的男生
劝酒功夫一流……总之,他们每个人或多或少都有了改变。这些
改变或许是不得已的,可小鹿看着有些心酸。

　　如果你们都改变了,只有我没变,那么我的世界还是整个都
变了样,小鹿不无伤感地想。

　　到了凌晨,大家还在钱柜唱歌,景也到了,她说招呼完亲戚她
就马不停蹄赶来了,因为真的好想念大家。景的眼睛里布满了血
丝,为了准备订婚仪式,她都几天没睡个好觉了,现在又来陪大家
通宵,小鹿真是心疼她,不过看她心情倒是不错,还没有从亢奋状
态中走出来。景向大家宣布,说小鹿的书出版了,让大家都去捧
场,多买几本。调皮的男生一听,就开始起哄,说买了以后要请小
鹿签名,还说他们要见证小鹿逐渐成长为一个知名美女作家。小
鹿被他们说得都有些不好意思了,说既不是美女,又很难知名,看
来要让大家失望了。班长就说,果然小鹿没有改变,还是和读书
时一样,超级不自信。大家哄笑起来。

　　清晨,小鹿和景迷迷糊糊从钱柜走出来,下过雨的天气让人
感觉很舒服,让人精神抖擞,附近的公园里有老人在打拳锻炼身
体,他们起得可真早啊。小鹿和景在便利店买了牛奶和面包,在
路边的长椅上坐下。

　　"小鹿,你到底打算怎么办?"景咬了一口面包问,"徐嘉铭马

上就要放暑假回上海了，你和他……"

周病情复发，又去了美国接受治疗，至今没有消息。小鹿的良心受到强烈的谴责，她认定了是因为自己想要离开周，周才会复发的。尽管景再三强调，周的病和小鹿完全没有关系。可小鹿还是陷入深深的自责中。

"景，我想离开。"小鹿咬了一下有些脱皮的嘴唇，"杂志社将在广州设立记者站，我已经报名去那里了。马上就要启程了。"

"小鹿，你想逃避吗？"景质问她，"你有点出息好不好？逃避能解决什么呢？你们那么不容易才在一起，你怎么能说走就走呢？走了能解决什么问题呢？徐嘉铭该怎么办？对他太不公平了。"

"可是除了逃避，我也不知道该怎么办。"小鹿压抑了很久的情绪终于爆发，大声哭了出来，嘴巴张开着，拼命哭泣，似乎要把五脏六腑都吐出来。路上偶尔有行人走过，会多看小鹿几眼，他们一定在猜测，这个女孩子为什么会在清晨大声哭泣。

"小鹿，别哭，都怪我，好不好？我说话不经大脑。"景抱紧了小鹿，哄她，"不哭，在大街上哭多难看啊，等会儿那些男生出来看见了，我怎么解释啊。"

小鹿接过景递给她的纸巾，止住了眼泪，可是心里的眼泪还在哗啦哗啦流。她承认自己失败，不想伤害任何人，却把任何人都伤害了。她也承认自己懦弱，因为不敢面对，所以选择逃避。

"小鹿，不管怎么样，还有我在你身边，只要你需要，说一声，我马上就会出现在你面前。"景紧紧拥抱她，很温暖的一个拥抱。

小鹿也很想像景那样有归宿、有依靠，可是人生经历不同，结局也不同。

在离开上海之前，小鹿给徐嘉铭写了张贺卡，想了很久，写下两句话"一直在想，如果没有遇见你，我的生活是否会平淡并平静。可是没有如果，我毕竟遇见了你，我的生活也因此有了改变。"

投进邮筒的那一刻，小鹿微笑了，尽管笑中含着泪。在机场大厅，看见一对情侣，男生个子很高，女生个子很矮，只到男生的腋下，他们穿着绿色的情侣 T 恤，紧紧相拥大声笑着从小鹿身边走过。很多人在看他们，包括小鹿，不过小鹿不是在意他们的身高差距，小鹿只想把祝福送给他们，愿他们永远如此相爱。

也许，小鹿只能当个逃兵，可她并不后悔曾经遇见了他，也遇见了另一个他。

图书在版编目（CIP）数据

遇见你/庞婕蕾著. —上海：东方出版中心，2006.7
ISBN 7 - 80186 - 485 - 9

Ⅰ. 遇…　Ⅱ. 庞…　Ⅲ. 长篇小说 - 中国 - 当代
Ⅳ. I247. 5

中国版本图书馆 CIP 数据核字（2006）第 059168 号

遇见你

出版发行：东方出版中心
地　　址：上海市仙霞路 345 号
电　　话：62417400
邮政编码：200336
经　　销：新华书店上海发行所
印　　刷：昆山亭林印刷有限责任公司
开　　本：890×1240 毫米 1/32
字　　数：95 千
印　　张：5. 75　插页 8
版　　次：2006 年 7 月第 1 版第 1 次印刷
ISBN 7 - 80186 - 485 - 9
定　　价：16. 00 元